풍경
혹은,
마음의
풍경

풍경

마음의
풍경

신문수 산문집

GEOBOOK 지오북

머리말

등 뒤로 흘려보낸 세월의 그림자가 길어질수록 삶은 반듯하기보다는 우여곡절의 에움길로 나타나기 마련이다. 언제부터인가 그것이 그저 지그재그로 휘도는 정도가 아니라 움푹 패어 있기도 하고 끊기기도 하고 경우에 따라서는 그 자취가 묘연해져서 당황하는 일이 잦아지기 시작했다. 호주머니에 작은 메모장을 지니고 다니다가 이것저것 기록해두는 버릇을 갖게 된 것은 이런 난경을 벗어나고자 하는 안간힘이었다. 거기에는 떠올랐다가 사라져버리고 그러다가 어느 순간 다시금 흐릿한 모양으로 찾아오는 생각과 느낌과 추억의 조각들도 더러 끼어들었다. 여전히 많은 것들이 망실되어버렸지만 그중에서 건져진 낙과들이 제법 쌓여갔다. 보잘것없지만 그것들로 인해 헛헛한 마음에 조금은 위안이 되었다. 이 책의 글들은 대부분 이런 낙과들을 단초로 하여 쓴 것들이다.

삶의 매무새가 자주 흐트러지면서 찾아온 또 하나의 변화는 바깥 자연에 대한 관심이다. 눈길이 자꾸 밖을 향하면서 산천이 예사롭게 보이지 않고 초목의 싱그러움과 꽃의 아름다움이 새삼스런 느낌으로 다가오기 시작했다. 그 응시의 눈길이 곧잘 한 폭의 풍경을 만들곤 했다. 시선을 붙잡는 풍경에 대한 매혹으로 먼 산을 찾기도 하고, 더러는 나무와 야생화 탐사에 끼기도 하고, 급기야는 산그늘 아래로 찾아들어 계절이 바뀌는 것을 눈여겨보기도 했다. 그

러나 시간이 흐르면서 풍경에 대한 관심에도 미묘한 변화가 일기 시작하는 것을 느꼈다. 자연을 한 폭의 풍경으로 변함없이 바라보면서도 어느새 눈길이 안으로 향하며 지나간 세월의 정경이 오버랩 되는 경우가 빈번해지는 것이었다. 되돌아보니 어떤 풍경에 특별히 매혹되는 경우 대개는 그것이 기억 속의 어떤 정경과 조응하기 때문이라는 것을 깨달았다.

사진의 역사는 카메라가 아무리 사실 인증을 지향하더라도 거기에 사진작가의 주관적 시선이 배어 있을 수밖에 없음을 노정해왔다. 오브제는 있는 그대로 재현된다기보다는 언제나 제시되는 것이다. 마찬가지로 눈길이 가는 풍경은 시선자의 내면에 공명되어 나타난 것이다. 풍경이 자연 정경의 단순한 현시가 아니라 응시된 것이라면 그것은 결국 마음의 풍경일 수밖에 없다. 이제 자연 풍경이란 거의 전적으로 내면 풍경을 불러내는 무대로서의 역할이 전부라는 생각까지 들 정도이다. 이 책의 몇몇 글들은 특별히 이 점을 자각하고 확인하면서 쓴 것들이기도 하다.

풍경과 추억이 긴밀히 조응한다는 것을 자각하면서 기억의 무게를 더욱 느끼게 되었다. 근래에는 서로 다른 기억들이 어떤 내적 필연성이나 시간 순서 없이 무차별적으로 찾아와 마치 푸생의 풍경화처럼 제각기 독자성을 주장하면서 마음의 풍경 안에 자리 잡곤 한다. 어떤 것은 선명하고 어떤 것은 흐릿하고, 또 어떤 것은 슬며시 미소를 짓게 하고, 또 다른 어떤 것은 내 자신을 여전히 부끄럽게 만든다. 심지어 어떤 기억들은 내게 실제로 일어난 것인지, 신문이나 소설에서 읽은 것인지, 또는 텔레비전이나 영화에서 보았던 것인지 명확하지 않다. 출전이야 어떻든 변전하는 삶의 순간순간 내 마음의 풍경을 구성하는 기억들은 내 삶의 자취이면서 또한 사라져 가는 내 삶의 일부이기도 하다. 새삼 느끼는 것은 기억의 거울이란 평명한 것이 아니라 울퉁불퉁하고 때로는 칠이 벗겨져 불투명하기까지 하다는 것이다.

기억의 이 같은 속성은 삶이 착잡한 것임을 다시금 일깨운다. 사실 나날의 일상은 혼란과 착종과 부조리의 연속이다. 그렇기 때문에 이 버거운 일상에 나름의 기율과 질서를 부여하려고 애쓰는 것이리라. 로버트 프로스트는 자신의 시를 '혼란을 잠시 멈추게 하는 노력'이라고 부른 적이 있다. 이 글들의 뼈대를 이루고 있는 어떤 단상들은 일시적일 망정 삶이 투명하게 보이던 순간에 얻은 것들이다. 그런 의미에서도 비록 졸문이지만 이런 에세이를 쓰는 행위는 나에겐 프로스트적 의미에서 삶의 혼란을 다스리기 위한 노력의 일환이었다.

이 산문집은 원래 작년에 갑년을 맞으면서 그간의 삶을 되돌아 보는 내 나름의 자술서로 준비했던 것이다. 여러 가지 사정으로 이제야 출판되게 되었지만 아무튼 그 기획의 마음가짐이 향후의 삶을 이제까지보다는 조금이라도 더 의미 있는 것으로 만드는 밑거름이 되길 기대한다. 거기에는 30년이 넘게 고락을 함께해준 아내에 대한 고마움과 미안한 마음도 깃들어 있다. 보잘것없는 책이지만 출간되어 나오기까지 많은 분들의 도움이 있었다. 여기에 실린 몇몇 글들의 단초를 제공하고 생각을 숙성시키는 데 도움을 준 생태문화연구회 동학들에게 고마움을 전한다. 발표 지면을 제공해 주었던 기관과 편집자들, 그리고 삽화로 쓰인 사진과 그림 자료를 제공해준 모든 분들께 심심한 사의를 표한다. 지오북의 황영심 사장과는 생태문화연구회를 통한 대화의 인연이 이제 어언 10년이 되어 간다. 그동안 베풀어준 후의와 어려운 상황임에도 이 책의 출판을 쾌히 맡아준 데 대해 특별히 감사의 말씀을 드린다.

2013년 12월

신문수

목차

제 3 부

심미안 속의 풍경

제 4 부

풍경과 마음

제 1 부

산그늘 속의 사계

1 시간의 풍경

희부연 물안개가 피어오르고 있다.

마음이 답답할 때면 나는 더러 양수리를 찾는다. 남한강과 북한강이 만나는 합수점인 두물머리. 그 강변에 서면 마음속에 맺혀 있던 매듭들이 조금씩 풀어져 강물의 합주를 따라 흘러간다. 강물은 수많은 지류들의 기억을 싣고 여기에 이르러 또 다른 거대한 기억의 흐름과 만나 서로 뒤섞이고 풀어지며 새로운 삶을 이어간다. 삶은 늘 이런저런 일과 뒤엉키기 마련이지만 결국 시간의 강물에 휩쓸려 이렇게 떠내려간다. 강바람이 머리칼을 타고 불어와 마음의 미혹들이 사라진 빈자리를 채운다. 내 몸도 조금은 가벼워진다.

강물은 시간을 열고 닫는 수많은 순간의 계시와 꿈의 편린으로 일렁인다. 나는 돌멩이를 집어 희부연 안개 속을 향하여 던진다. 텀벙 소리와 함께 시간의 강 위에 작은 파문이 인다. 사위는 다시

양수리 정경
두 강물의 합주를 따라 삶의 기억도 떠내려간다.

정적 속에 파문친다. 파문은 작은 원을 그리며 조금씩 멀리 번져나간다.

어릴 적 시골에 살 때 집 근처에 작은 저수지가 있었다. 나는 혼자서 물수제비 뜨기를 좋아했다. 비록 몇 차례에 불과하지만 물 위를 튕기며 뻗쳐 나가는 돌멩이의 팽팽한 긴장감이 좋아서 열심히 던졌던 것 같다. 그 긴장 속에는 어린 마음이었지만 일상에 갇혀 있는 좁은 세계에 대한 답답함과 그로부터 탈출하고자 하는 욕망과 그 바람에 이끌린 미래에 대한 기대와 불안이 함께했을 것이다.

이제 한없이 번져가는 동심원의 어디에서도 그 상념의 흔적들을 찾을 수 없다. 강물은 본래의 무늬로 돌아와 무심하게 일렁인다. 바람이 불어오면 그 일렁임은 수천의 빗살로 잠시 요동치다가 다시 본 모습으로 돌아와 아무 일도 없었던 것처럼 넘실댄다. 햇살과 만나서도 물결은 은빛 비늘로 잠시 몸을 감았다가 이내 제 모습을 되찾는다. 시간의 표정은, 아니 무표정은, 이렇게 아득하기만 하다. 그 영원의 몸짓 앞에서 나의 상념과 꿈과 욕망은 모두 순간의 파문이었을 뿐임을 다시금 깨닫는다.

오늘따라 아득한 수면 너머 어스름한 하늘이 넓어만 보인다. 그 막막한 태허(太虛)를 응시하며 빈 돛배 한 척이 외롭게 떠 있다.

2 봄의 서경

유치환의 「춘신」

꽃등인 양 창 앞에 한 그루 피어 오른
살구꽃 연분홍 그늘 가지 새로
작은 멧새 하나 찾아와 무심히 놀다 가나니

적막한 겨우내 들녘 끝 어디메서
작은 깃을 얽고 다리 오그리고 지내다가
이 보오얀 봄길을 찾아 문안하여 나왔느뇨

앉았다 떠난 아름다운 그 자리에 여운 남아
뉘도 모를 한때를 아쉽게도 한들거리나니
꽃가지 그늘에서 그늘로 이어진 끝없이 작은 길이여

—유치환, 「춘신」(春信)

꽃피는 봄철이면 생각나는 시 중의 하나이다. 청마 유치환은 우리 시사에서 드물게 사념적이고 주의적인 시를 쓴 시인이다. 섬세한 서정이 돋보이는 이 시는 언뜻 청마의 본류에서 비껴선 것처럼 보인다. 그러나 이 시도 봄의 서경을 통해 삶의 어떤 구경을 탐구하고 있다는 점에서 청마류라고 할 수 있다.

창 밖에 분홍빛 살구꽃이 화사하게 피었다. 창문의 언저리에 창호등처럼 아련한 분홍의 공간이 퍼져 있다. 이윽고 겨우내 보이지 않던 산새 한 마리가 어디선가 날아와 살구나무 꽃가지에 사뿐 내려앉는다. 새는 앙증맞은 머리를 주억거리기도 하고 꼬리깃을 까닥거리기도 하다가 이따금 눈부신 하늘을 올려다보며 봄의 고고성을 토해낸다. 시인은 내방객의 문안 인사에 창을 살며시 연다. 고목 같던 나무에 핀 화사한 분홍꽃과 새, 그 너머 어른거리는 아지랑이 낀 하늘. 화조화의 세계가 거기 펼쳐 있다. 시인은 봄이 왔음을 더욱 실감한다.

봄은 보는 계절이다. 새싹이 움트고, 꽃망울이 터지고, 연두색 잎이 솟아난다. 꿈틀대는 뭇 생명이 다채로운 색의 향연을 펼친다. 춘색은 살아있음의 표지요, 그 발현이다. 이에 질세라 겨우내 추위에 떨며 웅송그리고 있던 동물도 기지개를 켠다. 춘색이 춘정을 발동시키는 것이다. 이렇게 온 세상에 넘치는 눈부신 생명의 환희에 우리의 눈은 호사한다. 생명의 약동만큼 아름다운 것이 달리 있겠는가. 봄은 그래서 보기에 아름다운 계절이다.

생기 넘치는 새의 가벼운 몸짓을 보고 시인의 마음도 야릇하게 설렌다. 마음 밑바닥에 잠자고 있던 생의 활력이 솟구쳐 오르는 것

© 송기엽

살구꽃 가지에 내려앉은 새
새가 전하는 봄의 약동하는 기운은 존재의 내면에 미묘한 파문을
일으키고 긴 여운으로 남는다.

을 느낀다. 시인의 내면에서 꿈틀대던 생의 에너지는 이윽고 짧고 예리하고 경쾌한 새소리에 자극되어 더욱 뜨거워진다. 그는 자신의 심장 뛰는 소리를 들으며 살아있음을, 생의 기쁨을 새삼 느낀다. 그래서 새는 봄의 전령사요, 지저귀는 노랫소리는 봄이 왔음을 선포하는 나팔소리인 것이다.

설레는 마음의 내면에 잠시 시선을 주고 있는 사이 새는 어디론가 날아가버린다. 시인은 아쉬움 속에서 새가 떠난 자리를 바라본다. 새가 앉았던 꽃가지가 아직 가냘프게 흔들리고 있다. 그 빈자리에는 또한 봄의 첫 소리, 생기 넘치던 새소리의 여운이 어른거린다. 시인의 눈과 마음은 이 부재의 현존에 머물러 있다. 그는 마음의 설렘 속에서 여전히 그것을 보고 느끼고 있다. 그러나 그 빈자리와 순간의 여운을 누가 있어 알겠는가. 그것은 산새가 찾아오기 전과 조금도 달라진 것이 없는 그저 살구꽃 핀 봄의 한 정경일 뿐이다. 그러나 시인에게는 같을 수가 없다. 그는 거기에서 자신의 마음에 인 파문, 그 미묘한 흔들림을 여전히 보고 있다. 새는 날아가고 없다. 그러나 그 내방객(來訪客)이 존재의 내방(內房)에 일으킨 파문은 여전히 시인의 마음속에 원환을 그리며 바깥으로 번져 나가고 있는 것이다.

산새가 남기고 간 빈자리에는 또 다른 새가 날아올 것이다. 그 빈 공간의 여운은 그런 기대를 불러일으킨다. 그러기에 그것은 그리움의 자리이기도 하다. 우리의 삶은 이렇게 만남과 사라짐 그리고 또 다른 기다림의 연속인 것이다.

산새의 빈자리는 또한 영원의 한 순간을 구성한다. 무량의 시간은 2연의 '보오얀 봄길'에서 3연의 '꽃가지 그늘에서 그늘로 이어진 끝없이 작은 길'로 이어진다. 산새는 아지랑이 낀 뽀얀 봄 길을 타고 날아들어 분홍꽃 핀 살구나무 가지에 잠시 앉았다가 꽃가지 사이로 난 작은 길로 사라졌다. 산새가 그린 이 궤적은 계절의 순환을, 더 나아가 시간의 영원한 흐름을 환기시킨다. 그리하여 따사로운 봄의 한 정경은 영원의 위상 아래 놓이게 된다. 이제 산새가 앉았다 떠난 아름다운 자리의 여운은 단순한 여운이 아니라 영원의 세계의 문을 열고 들어오라는 손짓으로 비친다. 이 초대에 응하여 사람들은 그것을 저마다 그리움으로, 향수로, 자연으로, 혹은 우주로, 혹은 도(道)로, 아니 그 밖의 수많은 또 다른 무엇으로 이해하고 해석할 것이다.

우리의 삶을 구성하는 것은 이처럼 순간의 파문들이다. 그 파문들 중에는 삶의 이력으로 남는 것도 있지만 이 시가 묘사하고 있는 산새의 내방처럼 작은 출렁임인 경우가 대부분이다. 그러나 이 작은 삶의 기미는 종종 아득한 우주 전체가 메아리치는 것일 수도 있고 시간의 영원성에 맞닿아 있는 경우도 있다. 그럼에도 많은 경우 그것은 정형화된 언어의 채에서 누락되어 빈 공간으로 남아 있다.

문학은 일상성 속에 잠겨 있는 이 침묵의 순간, 그 여백의 드러냄을 지향한다. 언어로 쉬이 대상화되지 않는, 그러나 우리의 마음을 붙드는, 삶의 빈자리. 언어의 지도에 표기되어 있지 않은 이 마음의 섬을 찾아내 음미하는 것이 문학의 본령임을 이 시는 새삼 일깨운다. 그러기에 청나라의 문인 장조(張潮)는 이렇게 썼다. "산 빛,

물소리, 달빛, 꽃향기, 문인의 운치, 미인의 자태는 모두 말로 규정지어 설명할 길이 없고 매달려 집착할 수도 없으니, 참으로 꿈속 넋을 불러내고 마음속 깊은 생각을 가누지 못하게 하기에 족하다."

표현하기 어려운 마음의 공간—그것은 언어의 빈자리요 담론의 틈이다. 이 '사이'와 '경계'에 근래의 문학이론도 주목하고 있다. 예컨대 미셸 푸코는 담론을 규제하는 것들, 다시 말해 언표화에서 배제되는 빈 공간을 살핌으로써 역방향에서 그 세계를 규명하고자 했었다. 새벽의 여명도 어둠에 잠긴 산자락이 있기에 환히 빛나고, 5월의 붉은 장미도 주변에 녹색의 잎들이 무리지어 있기에 아름다운 것이다. 「춘신」은 하나의 선명한 이미지를 통해 백가쟁명의 이론들이 펼치는 복잡한 사설을 쉬이 깨닫게 해준다. 청마의 시가 그리는 봄의 서경은 이렇게 아름다우면서도 심오하다.

3 여름 산길

비가 갠 여름 새벽녘 조붓한 산길을 걸으면 어떤 시원지에 들어선 느낌을 준다. 늘 다녀서 낯익은데도 어스름한 새벽안개에 감싸인 산기슭은 신비스러움을 자아낸다. 숲으로 난 길은 비밀의 사원으로 들어가는 입구인 양 호젓한 은밀함이 서려 있다. 풀잎의 이슬방울은 영롱하면서도 범접할 수 없는 내적 충만감으로 빛난다. 길섶의 바위는 세수로 화장이 지워진 처녀의 정갈한 얼굴 모습이다. 노상의 흙 또한 순정한 황갈색의 맨 얼굴을 드러내 발끝으로 전달되는 감촉이 가뿐하면서도 청신하다.

밤사이 내린 비로 목욕을 한 나무들도 한층 웅숭깊은 모습이다. 세속의 침입자를 맞이하는 그들은 눈짓으로 무언의 메시지를 전하는 정령처럼 보인다. 보폭이 나도 모르게 짧아진다. 연무 속에서 있는 나무들이 서로 대화를 나누는 듯한 환상으로 내 발걸음은 한층 조심스러워진다. 산의 정기로 충만된 마음은 한층 낮은 자리로 내려앉는다. 이 정화의 느낌은 새벽 여름 산길만이 줄 수 있는 축복이다.

관악산 기슭에 살게 된 후로 이따금씩 오르내리는 산길은 이런 쇄락의 기분을 맛보게 해주기에 내게 소중하다. 번다한 도시에 살면서 이런 길을 조석으로 밟을 수 있다는 것은 정녕 감사한 일이다. 이 작은 오솔길은 이제 나에겐 청량제나 다름없다. 머리가 복잡해지거나 풀리지 않는 일이 생기면 신발을 갈아 신고 얼른 산길을 찾아 나서곤 한다. 걷는 것을 몸으로 느끼게 된 것도 이 산길을 오르내리면서부터이다.

길을 따라 산마루로 올라서면 푸른 숲이 눈 아래로 펼쳐진다. 멀리 능선 너머로 산봉우리들이 정답게 이어져 있다. 천지에 짙푸른 기운이 가득하다. 녹음조차 짙푸르니 여름 산은 정녕 청산일 수밖에 없다. 하늘에 불그스레한 기운이 뻗치면서 동녘이 점점 밝아온다. 능선 위로 연분홍 구름이 띠처럼 떠 있다. 어디선가 활기찬 산새소리가 들린다. 소리 나는 쪽으로 고개를 돌렸으나 새는 보이지 않고 노송 한 그루가 눈에 띈다. 리기다소나무와 신갈나무들 사이에 둘러싸인 노송의 기품이 우미하다. 동편 하늘을 붉게 물들이고 있는 새벽 미명을 받아 붉은 수피가 반짝인다. 홀로 위의를 갖춘 소나무는 속계에 내려온 수도승의 풍모이다.

늙은 소나무는 반야를 이야기하고
그윽하게 깃든 새는 진여를 노래하는구나

古松談般若

幽鳥弄眞如

길섶의 노송이 예사롭지 않게 보이는 것은 고준한 기품 때문만은 아니다. 노송 너머 계곡 쪽 암벽에 자리 잡은 마애석불의 후광 탓이기도 하다. 소나무는 마애불을 지키는 수문장인 셈이다. 이 마애불을 배견하고 주변 정경을 잠시 관조하는 여유를 갖는 것 또한 관악의 산길을 오르내리는 즐거움의 하나가 되었다. 소나무 옆 약수터의 공터에서 누군가 정성스럽게 쌓은 작은 돌계단을 내려선다. 계단이 오르막으로 바뀌면서 암벽을 한 자락 휘감아 돌아서면 삼면이 병풍처럼 둘러쳐진 원통(圓通)의 장소에 이른다. 관악산 미륵불은 거기 툭 터진 서북쪽을 바라보는 암벽에 새겨져 있다.

세속의 눈길로부터 비껴난 은자의 도량임을 한눈에 알 수 있는 곳이다. 이 속리(俗離)의 공간을 지배하는 것은 고요함과 어떤 숙연함이다. 그러나 관악산의 마애미륵불은 그런 긴장을 풀라는 듯이 온화하고 부드러운 미소를 짓고 있다. 억조창생의 힘든 삶에 대한 연민과 자비의 마음이 그 온화한 얼굴로 표출된 것인가. 명문은 조각상이 인조 8년(1630년)에 새겨졌다고 말하고 있으니 정묘호란 직후이다. 잦은 변란으로 뒤숭숭한 세태에서 미륵불의 구제를 염원하여 발원된 조각일 터인데 세속의 어지러움을 초탈한 평정과 고요가 선각에 감돌고 있다. 그러모은 두 손에 쥐어져 있는 한 송이 연꽃봉오리도 음각이 뚜렷한데 화이불류(和而不流)의 기품이 생동한다. 미소 띤 얼굴을 둥글게 감싸고 있는 두 줄의 광륜은 온 천지를 그 안으로 수렴시킨다. 비스듬한 자세로 만물을 관조하는

관악산 마애불
온화하고 부드러운 미소에는 억조창생의 힘겨운 삶에 대한
연민과 자비의 마음이 가득하다.

미륵불의 맑은 눈이 거기 그 중심에 있다.

불상 앞쪽으로 솟구쳐 올라와 있는 쌍둥이 바위는 제법 넓은 좌대를 만들면서 지나는 속인에게 미륵불과 같은 선정(禪定)에 들길 권유하는 듯하다. 바위로 건너가 누대에 앉아 본다. 눈 아래 짙푸른 임해가 펼쳐진다. 마음도 눈길을 따라 정갈한 서쪽 하늘가까지 단숨에 달린다. 잠시 과분한 호연지기에 젖는다. 번쇄세사를 끝내 놓지 못하는 마음이여, 이런 청정한 호사를 누려도 되는 것인가.

오늘따라 평소에 들리지 않던 계곡의 물소리도 들린다. 밤사이 내린 비로 불어난 계류가 바위 사이를 휘감고 흐르는 것이리라. 몸이 물을 따라 낮은 자리로 내려앉는 기분이다. 사위는 한층 깊은 적요감에 감싸인다. 마음 또한 한결 차분해진다. 여름 산은 이렇게 물소리, 바람소리, 새소리, 그리고 뭇 존재의 두런거림으로 적막할 수밖에 없다. 여름 산이 외경심을 불러일으키는 것도 이 정적의 소리, 곧 소리 없는 소리들의 합창 때문이리라. 고요의 세계로 안내하는 이 자연의 언어에 귀를 기울이는 것도 여름 산행의 한 묘미이다.

잠시 빠져든 평상심의 삼매경에서 깨어나 물소리 나는 계곡 쪽으로 발길을 돌린다. 관악산은 물이 귀한 산이다. 돌이 많은 산이라 비가 내려도 고일 틈이 없이 흘러버린다. 그래서 비가 잦은 여름철을 제외하고는 계곡은 대개 건천 상태이다. 물소리를 좇아 산길을 헤쳐 내려오니 화강암 바위들이 점점이 펼쳐진 계곡의 허리춤이다. 흰 너럭바위의 가운데로 맑은 물길이 열리고 낙차가 심한 곳에서 폭포를 이루며 작은 소를 만드니 선경이 따로 없다. 계류에 손을 적시니 청량함이 등골까지 스며든다. 물가의 작은 반석에 앉아 발까지 내쳐 물에 담근다.

옛사람들은 탁족을 속진을 떨쳐내는 정화의 의식으로 여겼다. 석가모니도 기원정사에서 설법에 앞서 발을 씻었다. 그러나 물이 맑고 게다가 그 흐름이 낭랑하다면 그런 의식은 사족이나 다름없는 것이 되고 만다. 청아한 계류에 마음의 진탁(塵濁)이 어느새 씻겨 나간 듯 온몸이 가볍기 때문이다. 조선조 말의 화가 최북은 산수도에 최치원의 시를 화제로 삼아 이렇게 썼다.

세속의 다투는 소리 행여 들릴세라
흐르는 물로 산을 둘러치게 했구나

却恐是非聲到耳
故敎流水盡籠山

마음에 맺혀 있던 세속의 티끌은 스스로 놓여나 물을 따라 흘러가버린다. 이것이 사람들이 산을 애써 찾고 물을 가까이 하고자 하는 연유가 아니던가. 인간사의 시시비비를 떠나 만상의 조화 속에 귀일하고자 하는 근원적인 동경이 우리의 내면에 있는 것이리라. 여름 산은 생명의 기운이 충만한 가운데에서도 이렇게 무상무주(無相無主)의 그윽한 가르침을 안겨준다.

고려대학교 박물관 제공

최북, 「산수도」, 18세기경
청아한 계류를 따라 마음의 먼지도 씻겨 나간다.

4 꽃무릇

8월 말, 꽃무릇이 베란다의 화분에서 꽃을 피웠다.

자코메티의 조각처럼 하늘을 향해 솟구쳐 오른 날렵한 대궁 위로 진분홍 꽃 한 송이가 하늘거린다. 여전히 강렬한 여름 햇살 아래에서도 기죽지 않고 꽃은 그 생기발랄하고 고혹적인 화사함으로 주위를 압도한다. 미국의 어느 시인은 황야의 언덕에 단지 하나를 놓았더니 그 동그만 형상이 황야의 야성을 누그러뜨리며 주위를 당당하게 지배했다고 쓴 적이 있다. 우리 집 베란다의 꽃무릇은 정반대이다.

지난 초여름에 아내가 얻어온 꽃무릇은 초라하고 볼품없는 모습이었다. 그러나 형해(形骸)에 가까웠던 나신을 불사르며 불사조처럼 피어 오른 꽃무릇 꽃의 붉은 야성은 아파트의 베란다를 넘어서서 집안 전체에 '꽃의 영광'으로 군림하고 있다. 우리의 삶이 자연과 멀어져 있는 탓에 자연의 친림(親臨)은 그만큼 감격스러운 것이다. 무리를 지어 가운데로 동그랗게 모여드는 모습으로 타오르는 꽃의 형상과 옛 일본 무사들의 투구처럼 밖으로 뻗쳐 나와 위로 치

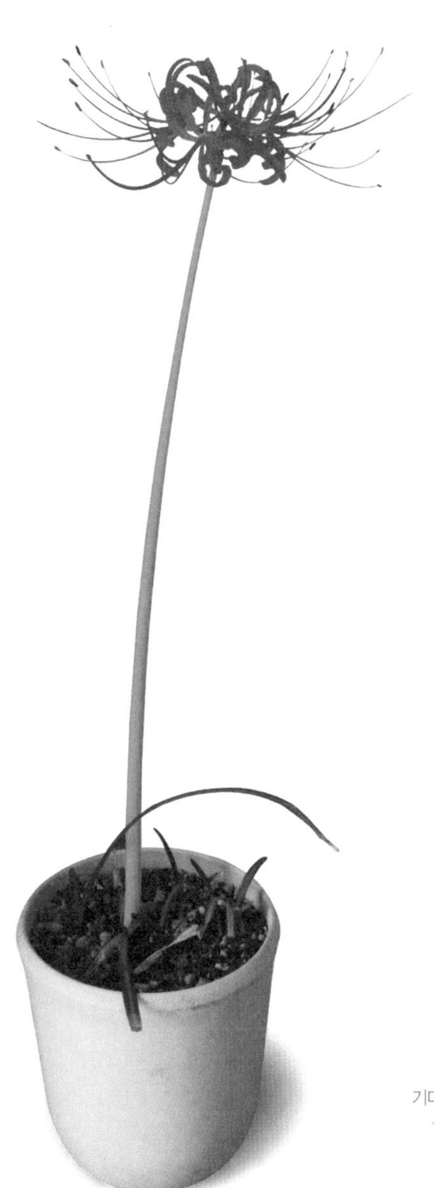

진분홍 꽃무릇 꽃
기다란 나신의 꽃무릇 꽃은
생명의 원시적 무구성을
표상하는 듯하다.

켜 오르며 산개한 수술들의 섬세한 자태를 보고 있노라면 내가 꽃을 보고 있는 것이 아니라 꽃이 나를 보고 있다는 느낌이다.

모든 겉치레를 떨쳐 버릴 때 생명은 가장 순수한 본연의 모습을 드러낸다. 가늘고 길쭉한 자코메티의 조각상, 뼈로 환원된 듯한 그 인물상이 감동을 주는 것도 이 때문일 것이다. 잎 한 가닥 달리지 않은 기다란 나신의 꽃무릇 꽃은 생명의 원시적 무구성, 그 치열한 단순성의 현신 같다. 꽃무릇이 주는 강렬한 인상도 그 색깔보다는 벌거벗은 생명의 견고한 존재성 그 자체 때문이리라. 꽃무릇 꽃의 처연한 아름다움은 그래서 단순성의 미학이 어떤 것인지를 새삼 생각하게 만든다.

이제 꽃이 지고 나면 머지않아 녹색의 잎들이 무성하게 솟구칠 것이다. 꽃과 잎이 서로 만나지 못하는 '화엽불상견(花葉不相見)' 때문에 꽃무릇은 그 사촌인 상사화와 더불어 마음과 현실의 어긋남에 고통스러워 하는 애절한 사랑의 표상으로 사람들의 입에 자주 오르내린다. 그러나 어긋남이 어찌 이루지 못한 사랑에게만 국한되는 것이랴. 말과 사물이 어긋나 있고, 어제의 나와 오늘의 내가 어긋나 있고, 권모술수에 능한 책사가 재주꾼으로 상찬되고, 뜻을 지키는 의인이 고루한 소인으로 매도되는 오늘의 세태 또한 어긋나 있다. 생명을 꽃피우기 위해 태어난 생물 존재의 미래에 죽음이 예비되어 있는 보다 근원적인 어긋남도 있다. 우리 삶은 실로 어긋남에서 시작되어 어긋남으로 끝난다고 말할 수 있다. 그래서 꽃무릇의 멀쑥한 나신은 애절하다기보다는, 몰각하고 지내다가 문득 의식된 어떤 변함없는 사실처럼 묘한 매혹감으로 내 마음을 사로잡는다.

5 먼 지

아침 햇살이 창문을 통해 들어오면 맨 먼저 보이는 것이 먼지다. 먼지는 책상 위에, 책 위에, 컴퓨터 자판 위에, CD 위에, 화장품 뚜껑 위에, 그림틀 위에 앉아 있다. 허리 통증 때문에 마루에 누워서 지내는 요즈음 며칠 동안 나는 집안이 먼지의 군단에 점령당해 있다는 것을 새삼 깨닫는다. 먼지는 눈길이 가는 곳에만 쌓여 있는 것이 아니다. 먼지는 의자의 밑창에도, 선반의 아래쪽에도, 화병의 밑 턱에도, 아래로 드리워진 전구 알에도 둥지를 틀고 있다. 어디 그뿐인가. 평소에 잘 볼 수 없는 소파의 밑바닥에, 침대의 아래쪽에, 수납장 아래의 어두운 공간에도 먼지는 하얀 눈처럼 쌓여 있다.

먼지는 또한 착지점을 찾지 못한 낙하산병처럼 허공을 떠다닌다. 몸을 조금만 움직여도 마룻바닥의 먼지는 이들을 지원하기라도 할 양 이내 공중으로 떠올라 부유한다. 먼지는 소파에서 탁자로, 탁자에서 책상으로, 책상에서 창틀로 이리저리 떠돌면서 매 순간 내려앉고 매 순간 솟아오른다. 이 많은 먼지는 도대체 어디에서

오는 것일까. 닦아낸다고 닦아내지만 먼지는 사라지지 않는다. 먼지는 이내 어디선가 날아와 내려앉는다. 먼지는 눈에 잘 띄지 않지만 어디에나 편재하는 권력처럼 우리를 은밀히 둘러싸고 있다.

먼지가 시간의 소진작용으로 풍화되어가는 뭇 존재자의 부스러기라면 먼지가 많은 것은 정녕 사람살이의 과잉 탓일 것이다. 돌아보면 집안에 잡다한 물건이 너무 많다. 저마다 쓰임새를 주장하지만 사실은 쓸모없이 자리를 차지하고 있는 것들이 태반이다. 부질없는 소유욕으로 혹은 한때의 변덕으로 집안에 들여놓고 처치곤란하여 묵히는 것들이 부지기수이다. 이 모든 것들이 조금씩 마모되고 산화되면서 먼지가 되고 그 먼지가 또 다른 먼지를 끌어들이고 있을 터이다. 봄철이면 바다 건너 대륙에서 빈번하게 불어오는 황사를 생각해보라. 그것 또한 물질 문명의 과잉으로 날로 심화되고 있는 사막화의 부산물이다. 먼지는 이렇듯 현대 자본주의 문명의 탐욕과 과잉이 한계를 넘어 스스로 무너져 내린 파쇄물이요, 그 잔해가 아니던가.

이 많은 먼지도 오후 나절이 지나고 저녁 어스름이 찾아오면 잘 보이지 않는다. 어둠 속에서는 먼지의 편재성을 알 수 없다. 먼지는 햇살을 통해서만 그 무한한 증식성을 드러낸다. 빛이 도래할 때 비로소 회진(灰盡)의 끝이 드러나는 것이다. 어둠에 갇혀 있는 한 우리는 먼지에 둘러싸여 있다는 것을 인식하지 못한다. 미망 속에서는 삶을 짓누르는 권력의 편재성을 인식하지 못하는 것과 마찬가지이다. 먼지를 분가루처럼 뒤집어쓰고 살아가고 있는데도 그것을 의식하지 못하는 경우가 대부분이니 우리의 삶은 마비된 것이나 다름

없는 청맹과니의 삶이다. 꼬리를 물고 이어지는 상념을 좇다가 나는 문득 제임스 조이스의 한 단편소설을 머리에 떠올렸다.

한 소녀가 어둠이 깃드는 창가에 앉아 있다. 그녀의 시선은 땅거미가 내려앉는 길을 향해 있다. 그 길을 따라 집을 나서면 항구 저쪽에 연인이 기다리고 있을 것이다. 그녀는 부에노스아이레스로 함께 가서 행복하게 살자는 연인의 프러포즈를 받고 집을 떠날 생각이었으나 발길이 떨어지지 않고 있는 것이다. 창가 커튼에 머리를 기댄 채 그녀는 집안을 둘러본다. 열아홉의 어린 나이로 술주정뱅이 아버지와 어린 두 조카를 돌보며 건사해온 집이다. 손때 묻은 가구들과 부서진 풍금 그리고 누렇게 변색된 사진이 눈에 들어온다. 집안에는 늘 먼지가 많았다. 일주일에 한 번씩은 가구에서 먼지를 털어내고 걸레질을 해야 했다. 어머니가 죽고 집안 살림을 맡은 후 집안의 먼지를 닦아내는 것도 그녀가 해야 할 중요한 일과였다. 그녀는 그 많은 먼지가 도대체 어디에서 날아오는지 늘 의아스러웠다.

그녀의 연인은 선원이었다. 그는 어려서 집을 떠나 각지를 전전하다가 이제 작으나마 재산을 모아 부에노스아이레스에 집을 마련하고 휴가차 잠시 고향에 들렀다가 그녀를 알게 된 것이다. 그를 만나게 된 후부터 그녀의 쳇바퀴 같은 일상에 파문이 일었다. 남자는 그녀를 가게 밖에서 기다렸다가 집까지 바래다주고, 오페라에 데려가 주고, 바다 건너 세계에 대한 신기한 이야기를 들려주었다. 그는 오셀로였고 그녀는 그의 이국풍의 이야기에 매료된 데스데모나였다. 그를 통해서 그녀는 비로소 '집' 밖의 세계로 눈을 돌릴 수 있었다.

시간이 흘러갔지만 그녀는 상념에 젖어 여전히 창가에 앉아 있다. 커튼 자락에 밴 매캐한 먼지 냄새가 코로 스며들었다. 항구에서 배표를 끊어 놓고 애타게 그녀를 기다리고 있을 연인의 얼굴이 떠올랐으나 그녀는 여전히 망설였다. 남자를 따라가는 것이 현명한 것인지 알 수가 없었다. 힘든 생활이었지만 그래도 집은 잠자리와 먹을 것이 보장된 안식처라는 생각이 들기도 했다. 해외로 떠돌던 남자와의 삶은 알 수 없는 미지의 세계이다. 익숙하지 않은 그 낯섦이 그녀는 두려웠다. 그때 큰 길 너머 어디선가 거리의 악사들이 탄주하는 손풍금 소리가 들려왔다. 어머니가 돌아가시던 날의 정경이 퍼뜩 머리에 떠올랐다. 그날도 손풍금 연주 소리가 들렸었다. 남편과 자식들을 위해 한평생을 희생한 어머니는 회한에 젖어서 “여인네 삶의 끝은 고통”이라는 처절한 말을 되뇌면서 숨을 거두었다. 그녀는 순간 벌떡 자리에서 일어나 집 밖으로 내달렸다.

부두는 사람들로 장사진을 치고 있었다. 그들이 타고 갈 배는 뱃고동을 울리며 출항 직전에 있었다. 남자는 그녀를 보자 달려와 그녀의 손을 붙잡고 사람들을 헤치며 선창가로 내달린다. 그녀는 다시금 혼미에 빠진다. ‘사랑’을 따라야 할지 ‘집’에 남아 가족을 보살피는 것이 마땅한 것인지 알 수가 없었다. 그녀는 마지막 순간에 결국 난간을 붙들고 주저앉고 만다. “온 세계의 바닷물이 자신의 품 안으로 달려 들어와서 마치 익사할 것 같은” 두려움에 빠져서 그녀는 연인의 손을 놓아버린다. 뱃고동이 다시금 울리자 그녀의 연인은 어쩔 수 없이 배로 내달리면서 그녀의 이름을 연호하며 따라오라고 손짓을 한다. 연인의 애절한 목소리가 귓전을 울리지만 그녀는 "무기력한 동물처럼" 망연자실한 얼굴로 허공을 물끄러미 바라볼 뿐이었다.

『더블린 사람들』의 한 편인 「에블린」의 줄거리이다. 잿빛 일상으로부터 벗어날 기회가 주어졌지만 변화를 두려워하는 의식의 마비로 인해 끝내 주저앉고 만다는 이야기이다. 조이스는 마비된 일상을 살면서도 그것을 의식하지 못하고 살아가는 동시대 더블린 사람들의 다양한 모습을 이 작품집에서 묘사했다. 「에블린」은 특히 그 마비가 새로운 삶을 추구하고자 하는 의지의 마비, 곧 변화를 두려워하는 마음임을 지적하고 있다. 특별한 사건이나 외상적 경험을 겪지 않더라도 암울한 일상에 길들여지다 보면 우리는 어느덧 삶의 자발성을 상실하고 맥없는 동물과 같은 존재로 전락할 수 있다. 작가는 이런 점진적 마비상을 어디선가 날아와 집안에 매일같이 쌓이는 먼지의 이미지를 통해 표현하고 있다. 먼지는 삶의 열정과 욕망을 꺾어버리고 생기 없는 삶을 강요하는 일상성의 표상이다. 그것은 절망이 체화된 삶, 헨리 소로우가 『월든』에서 말한, '조용한 절망(quiet desperation)' 상태, 혹은 죽음의 그림자에 덮인 생중사(生中死)의 삶을 의미한다.

주인공의 이름 에블린은 이브의 애칭이다. 그녀는 가정이라는 울타리에 갇혀 마비된 삶을 사는 모든 여자들의 대명사이다. 하지만 어디 여자들뿐이겠는가. 평범한 일상을 사는 우리 모두의 나날의 삶도 에블린의 그것과 별반 다르지 않다. 우리 또한 가정이라는 울타리에 갇혀, 사회적 인습의 굴레에 묶여, 그 일상성에 함몰되어 하루하루를 살아간다. 그것은 먼지에 둘러싸여 있는, 그럼에도 그것을 의식하지 못한 삶이다. 그런 마비 상태로부터 벗어나기 위해서는 신선한 공기가 필요하다(에블린의 연인이 그녀를 데려가고자 한 도시 부에노스아이레스는 원래 '좋은 공기'라는 뜻이다). 새로운 삶을 호흡할 기회가 주어졌으나 에블린은 문지방에서 멈춰서고 말았다. 의식이 마비되어 타율적인 삶에 젖어 있었기 때문이다. 그러니 먼저 마음의 먼지를 닦아내야 한다. 그리하여 마음의 빛을, 삶의 자발성을 회복해야 한다. 그것이 신천지 부에노스아이레스를 향한 여정의 첫걸음이어야 하리라.

어둠이 깔려오는 마루에 누워 눈을 감고 어둑선한 내 젊음의 뒤란을 헤집어 본다. 에블린과 같은 열아홉 살 되던 해 나는 시골에서 12시간 걸리는 야간열차를 타고 상경했었다. 새벽녘 역사를 나와 바라본 수도 서울의 첫 모습은 신선했고 설렘 그 자체였다. 그러나 첫인상의 감흥도 시간이 지나면서 이내 무덤덤해졌고 마음의 설렘도 부산스럽고 각다분한 도회지의 삶에 밀려 곧 사라져버렸다. 그렇게 사십여 년의 세월이 흘렀다. 돌아보면 지난 세월은 어떤 열망과 기대 그리고 좌절의 연속이었다. 먼발치에서 손짓하는 부에노스아이레스로부터 발길을 돌려야 했던 것이 몇 번이던가.

에블린이 창가에서 맡았을 매캐한 먼지 냄새가 느껴진다. 어둠에 익숙해진 내 눈은 다시금 허공으로 피어오르는 먼지들의 환영을 본다. 그것은 내 젊음을 사로잡았던 열망과 꿈의 흔적으로, 그

좌절의 표상으로, 눈앞에 아른거린다. 내 마음속에 켜켜이 쌓여 있는 이 먼지를 닦아낼 수 있을까? 마음 저편으로부터 헛된 욕심일 뿐이라는 반향이 들려온다. 아니 누구도 그럴 수 없다고 또 다른 메아리가 화답한다. 그렇다. 회환 없는 삶을 산 사람이 몇이나 되리오. 사람은 평생 한 바구니의 먼지를 마시게 마련이라는 바다 건너 사람들의 속담도 있지 않은가. 나날의 삶은 먼지를 헤쳐 나가고자 하는 의지의 지속적인 몸짓이지만 종당에는 그것에 스러져갈 수밖에 없는 것이다. 그러니 이제 무엇인가를 도모하는 것이 과욕이 된 나이에 굳이 먼지를 훔쳐낼 필요가 있는 것일까? 욕망에 휘말리는 것을 경계하고 마음이 쉴 자리를 찾는 것이 제 분수가 아니겠는가. 영국 국교회의 기도서에는 "땅에서 땅으로, 재에서 재로, 먼지에서 먼지로" 돌아감이 순리라고 적혀 있다. 먼지를 밀쳐낼 것이 아니라 이제는 가까이 해서 친구로 삼아야 할 일이다. 시인 김현승의 시구처럼 "나의 재로/ 나의 모든 허물을 덮는다/ 나의 모든 기쁨과 슬픔을/ …한 줌의 재로 덮고" 떠날 마음의 준비를 해야 할 일이다.

6 무료하고 쓸쓸한 날

아침부터 내리던 비가 오후 들어 그쳤다. 앞산의 산등성이에는 여전히 구름장이 걸려 있다. 늦가을인데도 산자락에는 연무가 계속 피어오른다. 구름이 걷힌 자리에는 퇴색하긴 했으나 울긋불긋한 단풍이 점점이 남아 있다. 책을 펴들었으나 깊어 가는 늦가을의 스산함에 나도 모르게 마음이 처연해져 눈이 자꾸 창밖을 향한다. 어디선가 파리 한 마리가 날아와 책상 모서리에 내려앉은 후 한참을 움직이지 않고 가만히 있다. 눈길을 주자 파리는 날아올랐다가 이내 제자리로 다시 돌아온다. 파리 역시 가을을 타는가 보다.

책을 덮고 일어나 앞마당으로 내려섰다. 옆 산 계곡을 따라 빼곡하게 들어선 잣나무의 우듬지를 흔들어대며 골바람이 쏴 불어 내려 온다. 잔디 위에 떨어져 있던 낙엽들이 바람 길을 따라 우수수 흩어진다. 이 집의 터줏대감인 옆 마당 구석의 밤나무는 완전히 헐벗었다. 그 옆의 단풍나무도 헐벗기는 마찬가지이나 그래도 가지 끝에는 붉은 잎이 더러 남아 있다. 옆집과 경계를 이루며 일렬로 서 있는 주목들도 여름의 청청한 빛이 가시고 누르스름한 색깔이 감돈다. 밤나무 뒤쪽 숲으로 이어지는 길 초입에는 메타세쿼이아가 떨군 황금색 낙엽이 수북하다. 하늘을 향해 솟아있는 나신의 메타세쿼이아의 모습이 한층 장엄해 보인다. 검푸른 잣나무와 소나무들도 아래쪽 줄기에 드문드문 노란색이 물들어 있다.

이들은 모두 겨울의 터널을 통과하기 위해 몸을 가볍게 한 경기병들이다. 터널을 지나면 춥고, 쓸쓸하고, 삭막한 세계가 기다리고 있을 것이다. 그러나 그것은 또한 휴지의 기간이기도 하다. 추운 겨울은 봄에 새 생명으로 거듭나기 위한 인고의 과정인 것이다. 이양하의「페이터의 산문」에 인용된 호머의 시구 그대로,

가을바람이 땅에 낡은 잎을 뿌리면
봄은 다시 새로운 잎으로 숲을 덮는다.

이 순환은 변치 않는 자연의 질서이다. 이 혼란스런 세상에도 불변적인 질서가 있다는 것을 느끼게 해주기에 나는 늦가을의 이 스산한 풍경을 사랑한다. 거기에는 쫓기고 허둥대는 마음을 가라앉혀주는 어떤 초탈함이 깃들어 있다. 만추의 정경이 곧잘 문학과 예술의 소재가 되는 것도 삶을 되돌아보게 만드는 이 탈속의 심리와 무관하지 않을 것이다.

집으로 들어오는 길섶의 한편에 흙을 돋아 지난해 만든 작은 화단에도 늦가을의 쓸쓸함이 배어 있다. 성하의 화단을 화사하게 장식했던 메리골드는 꽃씨를 머금은 채 시들어 있고, 연분홍 꽃을

바람에 날리며 눈을 즐겁게 해주던 베르가못도, 노란 꽃을 탐스럽게 피우던 루드베키아도 꽃대만 앙상하게 남아 있다. 키 큰 코스모스들 또한 까만 씨앗을 달고서 검은 줄기로 말라 있고, 메리골드를 위협하던 무성한 강아지풀도 갈색으로 시든 채 고개를 숙이고 있다. 여름내 이들에게 파묻혀 있던 땅딸이 꽃잔디가 화단 가장자리로 고개를 내밀고서 안도하는 눈치이다. 꽃들도 치열했던 생존경쟁을 이제 멈추고 눈을 안으로 거둔 채 스스로를 산화시키며 동안거에 돌입하고 있는 것이다. 늦가을 오후의 풍경은 이렇게 쓸쓸하면서도 또 다른 한편으로는 자연의 순리를 상기시키기에 어떤 숙연함을 자아내기도 한다.

일본 고전 수필의 백미로 알려진 『도연초』의 서두는 이렇게 시작한다.

> 이렇다 할 볼 일도 없어서 무료하기도 하려니와 서글퍼질 만큼 쓸쓸한 감회에 사로잡혀, 하루 종일 벼루를 향해 가슴에 떠오르는 이런 일 저런 일들을 두서없이 적어 내려가노라면 야릇하게도 걷잡을 수 없이 마음이 복받쳐 올라서 미칠 것만 같다.

'무료하고 쓸쓸한'(つれづれ)을 한자로 옮기면 도연(徒然)이 된다. 여기에 수상(隨想)이라는 뜻인 'ぐさ'(草)를 덧붙여 수필집의 제목으로 삼았다. 수필은 무료하고 쓸쓸한 날의 소회라는 것이다. 이 말에 공감하지만 그 소회가 걷잡을 수 없는 격정의 토로로 치닫는 것은

피하고 싶다. 하긴 책의 내용을 들여다보면 그것은 기우다. 저자의 붓은 십중팔구 오욕칠정으로 들끓는 마음을 어떻게 단속할 것인가에 쏠려 있기 때문이다. 그러므로 이 재치 있는 작명도 삶은 근본적으로 무료한 것이고 그 무미 속에 삶의 참맛이 잠겨 있다는 깨달음의 소산이라고 할 것이다. 그러니 『도연초』의 저자가 붓을 들어 마음 속 소회를 적기 시작한 때도 아마 늦가을이었을 것 같다.

나날의 삶이 가슴 뛰는 환희나 처절한 슬픔만으로 채워진 사람은 거의 없을 것이다. 대부분의 사람들에게 삶은 거기서 거기인 일상의 연속일 뿐이다. 설사 경천동지의 사건과 우여곡절을 겪는다 할지라도 시간이 흐르면서 그것 또한 일상성 속으로 함몰되고 만다. 따지고 보면, 어느 소설가의 말처럼, "인간의 삶은 영원히 반복되는 역사를 이루고 있는 한 장의 밑그림"에 불과할지 모른다. 변하지 않는 것이 있다면 그것은 반복되는 일상 그 자체이다. 역설적이지만 덧없는 것만이 영원한 것이다.

사실 성쇠(盛衰)가 되풀이되는 이 순환적 일상성 때문에 삶은 의미 있는 것이리라. 봄날의 화사한 벚꽃이 떨어지지 않은 채 늘 피어 있고, 풀잎에 맺힌 여름 이슬이 언제까지나 그대로 반짝이고, 붉은 사과의 농밀함이 가을 하늘을 변함없이 물들이고 있다면 무엇인가를 기대하는 설렘도, 욕망도, 애련의 정서도 없을 것이다. 반복되는 일상은 변전의 무덤이면서 또한 그것을 기대하게 만드는 요람이기도 하다. 근래에 주말을 이 한적한 시골에 내려와 지내면서 나는 비로소 둔감했던 계절의 변화를 다시금 의식하게 되었고 그 변화가 몰고 오는 소소한 느낌을 소중한 것으로 감지하기 시작했다.

장승업, 「풍림산수도」, 연대미상
가을 단풍에 물들어가는 산야의 풍경이 고즈넉하면서도 평화롭다.
산업화에 떠밀려 살다 보니 이런 정취는 이제 기억 속에나 남아 있을 뿐이다.

돌이켜 보면 시골에서 살던 어린 시절에는 계절의 변환과 그 제각각의 정취를 온몸으로 느꼈던 것 같다. 봄이면 고모와 함께 들녘으로 쑥 캐러 나왔다가 푸릇푸릇한 보리밭 사이의 황톳길을 강아지와 함께 마냥 달렸고, 장맛비가 그친 여름날 오후 친구들과 함께 동네 개울가로 채를 들고 달려가서 송사리와 새우를 잡고 놀다가 어쩌다가 메기 한 마리라도 걸리면 환호성을 올렸다. 가을에는 감나무에 올라가서 홍시를 따먹으면서 질푸른 하늘과 그 너머 나뭇가지를 스치는 바람결에 황홀했었고, 겨울날 하얗게 얼어붙은 동네 앞 저수지에서 온종일 얼음 썰매를 지치도록 탔었다.

이런 부산함 속에서도 시간이 멈춘 듯한 한가함과 심지어 무료했던 때의 기억도 남아 있다. 뒤란 울타리에 심은 대나무들이 이따

서울대학교 박물관 제공

금 사운거릴 뿐 사방이 쥐 죽은 듯이 고요한 여름의 한낮은 얼마나 무료했던가. 겨울방학이면 숙제 보따리를 싸들고 가서 몇 주씩 지내곤 하던 할머니 집에서 눈에 파묻힌 겨울밤은 또 얼마나 길게 느껴졌던가. 이런 늘어진 시간과 일상 속의 한가로움은 성년과 더불어 시작된 도시의 바쁜 삶에 쫓기면서 잊혀지고 말았다.

인터넷과 휴대폰이 필수품이 된 근래의 생활에 대해서는 더 말해서 무엇하랴. 쓸쓸할 틈도 무료할 겨를도 없어진 지 오래이다. 갖가지 소셜 네트워크로 연결된 현대인은 팔다리가 전극에 연결되어 있는 실험실의 개구리와 다를 바 없다는 어느 사회학자의 말을 과장이라고 할 수는 없다. 전기 자극을 받을 때마다 온몸에 경련이 이는 개구리처럼 나 역시 인터넷, 전자메일, 혹은 휴대폰을 통해 전달되는 온갖 이미지와 정보에 웃고, 울고, 춤추며 하루하루를 보내기에 바빴다. 지하철을 타보라. 승객들 중 십중팔구는 저마다 스마트폰을 손에 들고 디지털 자극의 포로가 되어 있을 것이다. 아침에 눈을 뜬 후 다시 잠자리에 들 때까지 한순간의 여유도 없이 쉴새 없이 쏟아져 들어오는 정보의 홍수에 휘말려 허우적거리고 있는 고독한 군상들—정보화 사회를 살고 있는 '스마트'한 사람들의 자화상이다.

화단 한가운데에 파묻혀 있는 편편한 바윗돌 위에 서서 나는 앞 산등성이를 다시금 바라본다. 그 사이 점점이 피어오르던 흰 구름 무리들이 산정 너머로 사라지고 짙푸른 하늘이 긴 처마도리처럼 열려 있다. 이곳 우거(寓居)에서 주말을 보내게 되면서부터 무심코 지나치던 산과 구름과 풀꽃이 새롭게 보이고 나뭇가지를 스치는 바람소리가 다시금 들리기 시작했다. 아직 미흡하긴 하지만 자연을 되찾기 시작한 것은 시골 생활이 준 큰 즐거움의 하나이다. 더욱이 어릴 적에 이따금 느꼈던 고적하고 무료한 시간이 다시금 내 삶의 일부로 흐르기 시작했다. 이 또한 이곳 생활에 기꺼워할 점이다.

물론 장소를 달리한 것만으로 옛 정취가 곧바로 되살아난 것은 아니다. 나는 아울러 스마트한 문명의 이기로부터 내 자신을 무장해제시키기로 작정했었다. 인터넷은 물론이려니와 텔레비전을 집안에 들이지 않고 이곳에 일단 내려오면 휴대폰도 꺼버렸다. 주변의 친지들로부터 연락두절에 대한 불평과 더불어 이기적이라는 비난을 몇 차례 듣고서 휴대폰은 다시 열어 놓기로 했지만 아무튼 내 스스로 자진해서 전화를 거는 일은 삼가하고 있다. 이런 통과의 례를 거치고, 부근의 지형을 익히고, 이웃과 대화를 트고, 채마밭을 일구고, 작은 화단을 만들면서 충혈된 몸과 마음이 조금씩 가라앉았고 그와 더불어 회향의 기분을 서서히 느끼기 시작했다. 시골 생활도 물론 그 나름의 애로와 고달픔이 있다. 세상은 변했고 시골 인심도 예전과 달라진 것을 부인할 수 없다. 그러나 숨 막힐 듯이 촘촘했던 나의 일상에 무료하고 쓸쓸한 여분의 시간이 끼어들었다는 것만으로도 나는 충분히 행복하다.

7 겨울의 길목에서

햇살이 어느새 문지방을 넘어서서 마루 안쪽까지 들어온다. 엇그제 입동이 지났으니 겨울의 문턱에 들어선 것이다. 옆 산의 나무들은 이제 색색으로 물들었던 잎들을 떨어뜨리고 가벼운 차림새이다. 옷을 벗어버린 나무 사이로 햇살이 한층 눈부시게 다가온다. 겨울 산의 청명함은 겨울이 주는 작은 기쁨의 하나이다. 나무들의 우듬지 너머로 보이는 하늘은 눈이 시릴 정도로 파랗다. 청명한 하늘 아래에서 펼치는 나목과 햇살의 교환은 어떤 성스러운 느낌마저 불러일으킨다. 이 의식은 번잡한 일상에서는 감지할 수 없는 고요함, 사물들이 마땅한 질서 속에 자리 잡고 있다는 느낌과 더불어 찾아오는 그 우주적 적요감을 맛보게 해준다.

문득 창밖을 바라보니 까투리 한 마리가 앞뜰을 가로지른다. 자세히 보니 근처에 또 다른 서너 마리의 새끼 꿩이 풀밭을 열심히 헤집고 있다. 이곳 인가까지 먹을 것을 찾아 꿩 일가가 내려온 모양이다. 꿩들은 아직 남아 있는 풀줄기를 쪼기도 하고, 하늘을 향해 귀를 쫑긋거리기도 하고, 땅의 이곳저곳을 부지런히 훑고 다닌다. 빈 들을 한참 주유하더니 물을 마시러 가는 것인지 어미 까투리가 오른편 아래쪽 개울로 내려간다. 다른 새끼 꿩들도 그 뒤를 앞서거니 뒤서거니 따라간다. 꿩이 사라진 자리의 허공이 더욱 깊어 보인다. 나무들은 몸을 다 드러낸 채 고요하다. 다시 무주공산이 된 앞뜰에 한층 짙은 적막감이 감돈다.

텔레비전에서 사람을 따르는 꿩에 대한 프로그램을 본 적이 있다. 산골의 어떤 집 근처에 사는 야생의 장끼 한 마리가 그 집 남자 주인이 나타나면 어딘가에서 날아와 그를 일정한 거리를 두고 따라다닌다는 것이다. 꿩을 사육하는 사람들에 따르면 꿩은 소심하여 주인이 먹이를 주러 사육장에 나타나도 멀리 도망치기 일쑤라고 한다. 야생의 꿩은 그만큼 길들이기 어려운 것이다. 이 꿩도 주인 남자를 제외하고는 그 누구에게도 가까이 다가오는 법이 없다고 한다. 프로그램 제작진이 주인의 목소리를 녹음해 숲 속에 들어가 그것을 틀어 주었으나 꿩은 나타나지 않았다. 그러나 그 집주인이 숲 속에 나타나면 꿩은 그를 알아보고 어김없이 어디선가 나타났다. 집주인과 꿩의 친밀감은 불가사의한 것이긴 하지만, 그것도 생명애의 일종이 아닐까? 자연 속에는 우리가 알 수 없으나 이렇게 생명과 생명을 연결시켜주는 보이지 않는 고리가 있는 것이리라.

겨울이 깊어지면서 북풍이 거세지고 산야에는 무성했던 계절의 메마른 잔해만 남는다. 굶주림에 지친 들짐승과 새들은 먹을 것을 찾아 나와서 그 찌꺼기를 헤집는다. 눈이 별로 내리지 않는 이즈음의 겨울은 동물들에게는 그나마 나은 편이다. 그들은 아직 남아 있는 낙과 부스러기나 씨앗 그리고 나무껍질과 풀뿌리로 배를 채운다. 눈이 내리면 그마저도 얻을 수 없다. 에스키모들이 허기를 견디다 못해 이글루로 접근해오는 늑대를 사냥하는 방식은 흥미롭기에 앞서 처절하기만 하다. 그들은 얇고 예리한 칼날에 고래 기름을 펴 바르고 눈이나 얼음 위에 칼자루를 박아 놓는다. 고래기름 냄새를 맡고 굶주린 늑대가 달려든다. 늑대는 배고픔 때문에 칼날의 유혹을 거부하지 못하고 혀로 기름을 핥는다. 그러다 늑대는 종국에 혀를 갈기갈기 찢겨 피를 흘리다가 죽어간다. 세한의 시련은 이렇게 강철 끝처럼 매섭고 가혹할 수 있다. 그러나 그것도 또한 하나의 삶의 질서이다.

이런 가혹한 궁핍과 시련이 있기에 사람들은 봄을 꿈꾸는 것이리라. 서리가 내린 겨울 산길에서도 봄의 예감은 느낄 수 있다. 대지는 얼어붙어 있지만 거기에는 뭇 생명의 기억들이 켜켜이 쌓여 있다. 얼어붙은 낙엽들을 밟으며 그 하나하나가 한여름에 이슬을 머금고 햇볕을 받으면서 열심히 삶을 구가하던 존재들이라는 것을 생각한다. 잎들은 살아 있는 생명체로서 저마다 활동을 하고 꿈을 꾸고 기억을 저장하며 이 지상의 거대한 운행과 순환에 참여했었다. 대지는 이들의 죽음을 말없이 받아들이며 그 침묵 속에 이들의 기억을 저장한다. 봄에 씨앗을 틔워 주는 땅의 신비스러운 힘의 원천도 결국 이렇게 성층화된 수많은 생명의 온축, 그 잠재된 에너지일 것이다.

표류하던 바람이 상념의 문틈으로 스며든다. 한기를 느끼며 나는 자리에서 일어나 찻물을 끓인다. 가을에 따서 말려둔 애플민트와 스테비아 잎을 대나무 주걱으로 떠서 찻잔에 넣는다. 끓인 물을 천천히

차 한 잔의 여유
추운 겨울을 나는 호사의 하나이다.

찻잔에 붓자 따스한 김이 올라오면서 연녹색 차가 찻잔에 차오른다. 겨울의 정적 속에서 홀로 차를 끓여 마시는 것은 이 저무는 시간에 내가 누리는 호사 중의 하나이다. 찻잔을 들어서 차를 한 모금 마신다. 찻물이 목구멍을 타고 마음의 심연으로 흘러내린다. 입안에 남은 차향의 여운 속에 푸른 잎을 자랑하던 여름의 기억이 감돈다. 이 기억들이 추운 겨울 동안 나의 화롯불이 되어 줄 수 있을 것인가.

탁자에는 백무산의 시집 『길 밖의 길』이 놓여 있다. 나는 『길 밖의 길』을 읽으며 금년 가을을 보냈다. 이 시집을 책방의 서가에서 처음 보았을 때 나는 최하림의 『풍경 뒤의 풍경』을 떠올렸다. 두 시집의 제목은 모두 일상 밖의 어떤 것을 지향하는 태도를 담고 있다. 풍경 너머의 풍경을 기웃거리게 하는 마음은 또한 길 밖의 길로 나설 것을 재촉한다. 길이 자연에 새긴 인간의 발자취라면, 그 자체가 이미 일상에서 벗어나고자 하는 의도의 소산이다. 그러므로 모든 길은 곧 길 밖의 길로 통한다.

차를 다시 한 잔 만들어 마시면서 백무산의 시집을 편다. 백무산은 노동의 현실을 말하면서 언제나 대지와 자연을 생각해온 시인이다. 『길 밖의 길』은 세월과 더불어 시인이 노동의 현실 못지않게 자연에 이끌리고 있음을 더욱 뚜렷이 말해준다. 그는 이제 자신이 있는 자리와 주변을 살피면서 샛바람과 먹구름과 눈보라를 먼저 보는 듯하다. 대지의 노동을 노래하는 백무산의 시어들은 그래서 긴 여운을 남기며 내 마음에 스며든다. 겨울의 문턱에 들어선 후 내 시선이 자주 멈추었던 시 한 편을 여기 적는다.

언제 저리 피었나
그저께가 입동인데
대문간에 한 그루 산수유나무

앙상한 가지마다 돋은 망울들
뽀얀 털 뒤덮인 꽃망울들
산엔 아직 나무들 낙엽도 다 떨구기 전인데
한겨울이 오기 전에 이미 꽃망울 다 이루고
기다린다네 봄날 같은 너를 기다린다네

네가 내게로 온다고 꽃이 피는 건 아니야
꽃망울을 내 가슴에 다 이루기 전에
나를 버리고 너를 사랑한다는 맹세는 헛되다

내가 나를 통과하지 않고
어찌 너를 만나랴
너를 만나 꽃을 피우랴
이 겨울 다 건너기 전에
네게로 이르는 쉬운 길로 나는 나서지 않으련다

–「네게로 가는 길」 전문

겨울의 초입에 이미 산수유나무는 앙상한 가지에 꽃망울을 품어 놓고 다가올 봄을 기다린다. 자연은 이렇게 밖으로 혹독한 질서에 순응하며 안으로는 자재(自在)의 힘을 기른다. 모진 시간의 흐름 속에서도 봄에 변함없이 새순이 돋고 꽃이 피어나는 것은 뭇 생명이 겨울을 대비하여 안으로 준비하고 인고의 시간을 견디며 기다리기 때문이다. 백무산은 인간의 사랑도, 바람직한 삶을 위한 노력도, 내면을 먼저 다잡는 자연의 이런 자기 수행 방식으로부터 멀어져서는 안 된다고 생각한다.

백무산의 시어는 여전히 결의에 차있지만 그것은 작은 꽃눈이 일구어내는 생명의 경이에 대한 새삼스런 인식에서 비롯되고 있다. 그래서 그의 언어는 부풀려 있지 않고 관자재(觀自在)의 내공으로 힘차게 울린다. 나는 그의 절제된 언어를 길잡이로 길 밖의 길로 조심스럽게 나서서 풍경 뒤의 풍경을 엿보며 긴 겨울의 시간을 헤아렸다.

그리고 어느 날 눈이 내렸다. 온 세상이 흰 눈으로 뒤덮였고 나는 시린 눈으로 창밖에 펼쳐진 아득한 풍경을 망연히 바라보았다. 겨울은 그렇게 깊어갔다.

8 성스러운 접속사 'and'

한 해를 마감하면서 금년 또한 늘 그렇듯이 회한과 자책이 앞선다. 지난 일 년을 되돌아보면 무위도식은 아닐지라도 그저 흘러가는 시간에 떠밀려 의미 없이 나날을 보내기에 급급했던 것 같다. 세밑에 밀려드는 이런 우울함이 싫어서 신년 초에 아예 과하다 싶어 보이는 계획이나 약속은 하지 않은 지 오래되었으나, 나 자신에 대한 아주 자그마한 몇 가지 다짐마저도 제대로 지키지 못한 것 같아서 자괴감이 앞선다. 폴 발레리는 삶을 나뭇잎에 비유하여 "하루하루는 그대 생애의 나뭇잎 하나"라고 노래한 적이 있다. 오십 줄에 들어선 내가 늘려 잡아 삼십 년을 더 산다고 하더라도 나에게 남아 있는 것은 일 만여 나뭇잎에 불과하다. 요 몇 해 사이에 내가 느끼는 송년의 회한에는 이런 소중한 나날을 헛되이 흘려보낸 안타까움이 큰 몫을 차지하고 있다.

송년의 감정을 착잡하게 만드는 것은 비단 개인적인 것만은 아니다. 따지고 보면 우리의 삶을 소모적인 것으로 만드는 것은 궁극적으로 개인의 힘으로 어찌할 수 없는 사회적 관습과 제도의 작용이라고 할 수 있다. 매일 한 시간 이상을 출퇴근으로 소비해야 하는 주거 환경과 일상사가 되어버린 교통 체증, 마음 없이 참여해야 하는 관혼상례를 포함한 허례허식의 체면 문화, 당장의 효과만을 중시하는 계량적 기능주의—기실, 이 같은 제반 사회 현실과 사회적 관행이 우리에게 무의미한 삶을 나날이 강요하고 있는 것이다. 이런 일상화된 구조적 모순과 착잡한 관행에 더하여 우리는 요즘 미증유의 사회적 혼란을 겪고 있다. 어지러운 정치적 현실, 상식으로는 헤아릴 길 없는 집값의 폭등, 날로 심화되는 빈부의 격차와 실업 문제, 그리고 암담한 우리의 교육 현장이 우리의 마음을 무겁게 만든다.

사회적 혼란의 징후적 표현으로 우리 주변의 어디에서나 목도되는 대립과 반목 또한 우리를 우울하게 한다. 이러한 사회적 갈등의 대부분이 전시대에 볼 수 있었던 정치적 명분이나 사회적 대의와 무관한 것으로 보이기 때문이다. 거리를 메운 데모대의 함성과 피켓에 적힌 구호는 집단적 혹은 사적 이해를 포장한 수사로 채색되어 있기 일쑤이다. 비록 이기적 동기에서 출발한 것이더라도 이런 물리적 힘의 과시에 의탁한 의사 표현이 그 나름의 사회적 기능을 갖는 것은 물론이다. 그것이 공동체 의식의 함양과 여론의 중요성을 일깨우고 더 나아가 타협과 대화의 극적 체험을 맛보게 해준다면 보다 성숙한 민주주의 사회로 가기 위한 진통으로 받아들일 수 있을 것이다. 그러나 우리의 사회적 갈등의 현장에는 'either/or' 식의 배타적 이분 논리와 무책임하고 독선적인 자기주장만이 고창

되는 것처럼 보인다. 우리는 보수주의자이거나 진보주의자일 뿐이고, 개발론자이거나 환경론자일 뿐이며, 페미니스트이거나 완고한 남성우월주의자일 뿐이다. 온건한 중도주의는 미온적 혹은 무소신의 기회주의로 매도되고 만다. 이러한 사회적 분위기에서는 조급하고 강팍한 심성이 양산되기 십상이다. 화해와 관용보다는 비판과 배제의 논리로 무장된 도구적 이성주의자들이 득세하기 마련이다. 요즘의 격화된 사회적 갈등이 시대의 우울로 우리를 짓누르고 있는 것도 이 때문이다.

참다운 의미의 자유의 향유는 자율적인 책임의식을 요구한다. 민주주의 사회를 지탱해가는 데 필수적인 책임의식(responsibility)이란 달리 말하면 그 어원적인 의미 그대로 응대할 수 있는 능력(response-ability), 달리 말해 참다운 대화 능력을 의미한다. 다름을 존중하고 이해할 수 있는 활기찬 의사소통 공동체를 만들고자 하는 노력은 민주 시민의 으뜸가는 사회적 윤리여야 한다. 다시 말해 흑백으로 편을 가르고 배제하는 'either/or'식 사고보다는 다름을 이해하고 소통하는 'and'적 사고방식이 절실하다. 영어의 '악마적인'(diabolic)이란 말은 '나누다,' '분해하다'는 뜻의 희랍어 'diabellein'에서 나왔다. 나누고 구획하는 것을 곧 악 자체라고 할 수는 없겠지만, 어쨌든 모든 사악한 일의 저변에 구획 짓고 편을 가르고자 하는 충동이 있었던 것도 역사적 사실의 하나이다. 기독교도가 아니기 때문에, 피부색이 다르기 때문에, 혹은 같은 종족이 아니기 때문에 수많은 사람들이 떼죽음을 당해야 했었다. 이런 점에서 배제가 아니라 연계를 의미하는 'and'를 성스러운 접속사라고 부른 신학자가 있었던 것으로 기억된다.

세밑에 흔히 모이는 동문회 모임에서 나는 이런 'and'적 인간관계를 종종 느낀다. 동일한 학문적 관심으로 학창을 함께 보냈다 하나 모든 동문이 같은 길을 걷는 것은 물론 아니다. 그러기에 세월이 흘러 반백에 이른 동문들의 형편과 처지는 저마다 다르다. 그렇지만 세월의 흐름을 마음으로 함께 느끼는 연말의 동문 모임에서 그런 다름은 문제가 되지 않는다. 모임에 나와 옛 학창의 기억을 더듬다 보면 다소 애상적이긴 하지만 모두가 넉넉하고 훈훈한 기분에 휩싸인다. 혹 흔치 않은 아픔이나 슬픔을 겪은 친구가 있다면 잠시나마 그와 한마음이 되는 소통의 즐거움을 맛보기도 한다. 동문회는 이렇게 치열한 생존의 일상에서는 맛볼 수 없는 화이부동(和而不同)의 세계를 종종 연출한다. 나는 이런 점에서 동문회가 활성화될수록 우리의 민주주의도 창달될 것이라고 믿는다.

백아절현(伯牙絶絃)의 지기를 갖는 것은 정녕 행복한 일이다. 그러나 오늘의 세태에서 그런 정복(淨福)은 기대하기 어렵다. 그저 마음에 맞는 옛 친구들과 더불어 화이부동의 즐거움에 잠시 젖어 보는 것만도 적지 않은 축복이라고 생각한다. 옛 학우들과의 만남은 우울하기 마련인 세모에 한 줄기 작은 빛과 같은 위안을 주기에 나는 그것을 늘 기다린다.

제 2 부

풍경의 안과 밖

1 자연을 보기

집 옆을 흐르는 실개천가에 앉아 앞산을 바라본다. 마음이 차분해진다. 이윽고 물소리가 들리기 시작한다. 작은 물줄기이지만 사시사철 마르지 않는 흐름이다. 옆으로 메타세쿼이아가 궁륭을 이루고 있다. 그 너머로는 잣나무 숲이다.

산이나 물가를 찾아 나선 사람들은 눈에 보이는 것들을 자연이라고 흔히 말한다. 나무, 풀, 새, 돌, 산, 물 등 물리적 형상으로서의 존재들이 곧 자연으로 일컬어진다. 더 나아가 이런 대상들로 이루어진 질서 혹은 연계된 망(網)도 자연이고, 이들이 환기시키는 어떤 기운, 정기(精氣)도 자연이라 말한다. 또 인간의 의지와 무관하게 저절로 이루어지는 천지만물의 조화도 자연이다. 스피노자가 말한 능산적 자연(*natura naturans*)과 소산적 자연(*natura naturata*)도 자연의 이 같은 다면성의 한 변주일 뿐이다.

그림은 눈으로 듣는 것이라고 말한 화가가 있었다. 그럴 법한

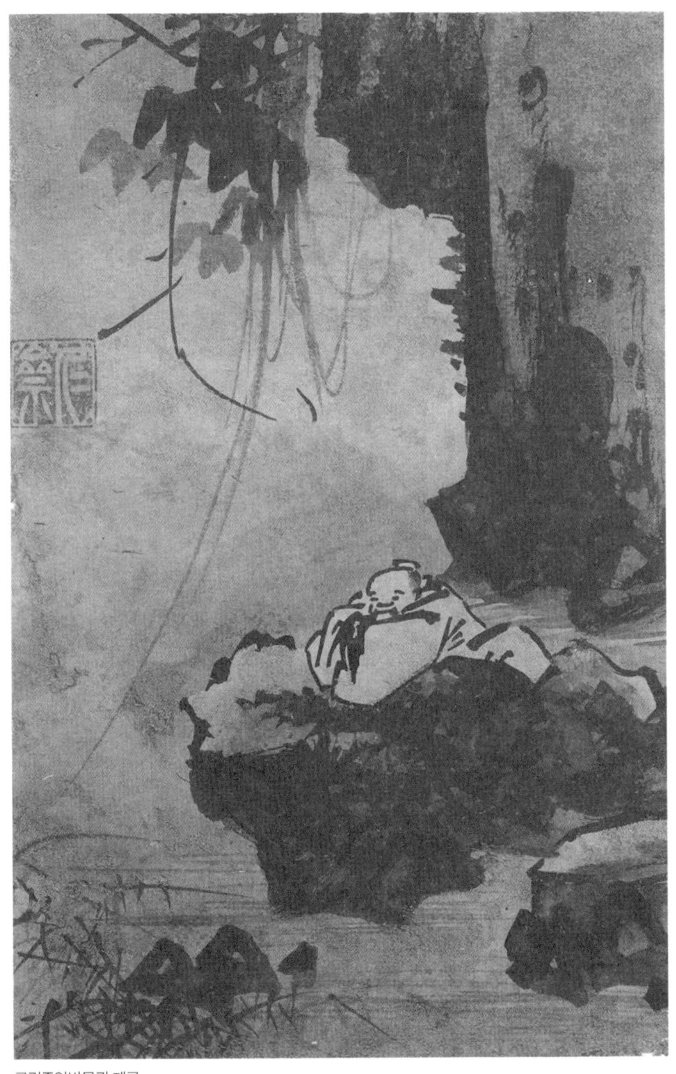

국립중앙박물관 제공

강희안, 「고사관수도」, 15세기 후반

관산청천(觀山聽泉)의 삼매경에 빠져 있는 선비. 물아일체(物我一體)의 경지이다.

말이다. 나는 자연이야말로 눈으로 듣는 것이라고 말하고 싶다. 옛사람들은 늘 산과 물을 함께 말했다. 자연은 산 따로 물 따로가 아니라 산수(山水)요, 강산(江山)이다. 그들은 산을 보면서 물소리를 들었고 물줄기를 보면 산을 떠올렸다. 생태의 총체상이 자연일진대 공감각적일 수밖에 없는 것이다.

여호와의 부름을 받고 엘리야는 호렙 산에 올랐다. 이윽고 광풍이 불고, 지진으로 산이 울리고, 큰불이 일었으나 여호와의 모습은 보이지 않았다. 엘리야는 잠시 후 다만 '고요하고 낮은 목소리'를 들었을 뿐이다. 신은, 초월적 존재는, 눈으로 볼 수 있는 것이 아니다. 다만 귀로 만날 수 있을 뿐이다. 인간을 비롯하여 삼라만상을 포용하고 있는 대자연 또한 마찬가지일 터이다.

물리적 형상으로서의 자연은 인간의 탐욕으로 인해 극심하게 훼손된 상태이다. 그렇기 때문에 인간의 관리자적 시선에서 벗어나 있는 순수한 타자성으로서의 자연이 더더욱 큰 의미를 띠는 것이 아닐까. 그러나 아쉽게도 오늘날 그런 숭엄한 자연의 모습은 어디에서도 찾기 힘들다. 산정에서든 계곡에서든 혹은 일망무제의 바닷가에서든 눈에 보이지 않는, 그러나 마음으로 느껴지는 그 무엇이 오히려 자연의 진면목일 것이다. 그것은 귀로 볼 수밖에 없다.

2 석굴암 가는 길의 산수국

알베르 카뮈는 작품이란 예술이라는 우회로를 통해 처음으로 가슴을 열어 보였던 한두 개의 단순하고도 위대한 이미지들을 다시 찾기 위한 기나긴 행로에 지나지 않는다고 쓴 적이 있다. 시인 묵객은 아니지만 나에게도 가슴을 벅차게 한, 그래서 시원적인 형상으로 남아 있는, 그런 심상들이 더러 있다.

어느 해 여름날 경주를 찾았었다. 석굴암 주차장에 차를 세워놓고 길을 따라 석굴암까지 걷기 시작했다. 오후 서너 시쯤이었을 것이다. 오전에 시내에 있는 유적지 몇 곳을 둘러본 뒤였다. 산길은 포장된 것이 아니라 흙으로 잘 다져져 있어서 걷는 감촉이 부드러웠다. 주변의 숲은 활엽수와 오래된 노송이 적당히 어우러져 넉넉하고 운치가 있었다. 왼편 산 쪽으로 낮은 석축이 경계를 지으며 이어져 있고 오른편 계곡 쪽으로는 길섶에 나무들이 더러 심겨 있기도 하고 맨 길 그대로 벼랑을 이루고 있기도 했다. 석굴암으로 가는 길은 그렇게 산록을 휘감으면서 완만한 오르막을 이루고 있었다.

산 중턱에 이르면서부터 해가 토함산 너머로 완전히 넘어가 골짜기 전체에 시원한 그늘이 드리워졌다. 오른편 계곡의 아래쪽으로는 탁 트인 노란 들녘이 여름 오후의 비스듬한 그러나 여전히 눈부신 햇살을 받아 화사하면서도 맑은 수채화 같은 풍경으로 펼쳐져 있었다. 바람이 그다지 부는 것 같지 않은데도 삽상한 청량감이 산길 전체를 휘감는 느낌이었다. 이 시원스런 기분에는 오른쪽 계곡의 널따랗게 트인 공간이 주는 개방감 탓도 있었을 것이다. 한여름이라서 그런지 사람도 그다지 많지 않았다.

앞뒤로 인적이 멀어지는 순간 문득 사위가 고요해지면서 말할 수 없는 정밀감이 가슴을 뿌듯이 채웠다. 땀을 뻘뻘 흘리며 돌아다녔던 오전과는 너무나 대조적인 호젓한 발걸음이었다. 그렇게 사뿐한 걸음으로 길을 재촉하던 중 왼편 산기슭의 꽤 우람한 바위 아래편에 고즈넉하게 피어 있는 산수국 꽃이 문득 눈에 들어왔다. 남보라와 흰색이 어우러진 몇 송이의 꽃이 녹색의 잎들에 감싸여 소담하게 피어 있었다.

산수국은 야생화를 찾아다니는 사람들이 심산유곡에서 어렵사리 찾아내 환호성을 지르는 그런 진귀한 꽃은 아니다. 산이 아닌 화단에서도 가끔 볼 수 있는 평범하다면 평범하다고 할 수 있는 꽃이다. 그럼에도 그 순간 거기 보랏빛 산수국의 고즈넉한 자태는 황홀한 감흥을 불러일으켰다. 탈속한 듯 초연하면서도 묘하게 눈길을 끄는 그 모습은 사방을 환하게 밝혀 주는 빛나는 등불과 같았다. 내 눈에는 산수국으로 인해 그 일대가 첩첩의 골짜기를 지나서

산기슭에 고즈넉한 모습으로 피어 있는
보랏빛 산수국은 진광불휘(眞光不輝)의 자태였다.

홀연 드러난 어떤 선경처럼 다르게 보이기 시작했다. 산수국은 그야말로 스스로 빛나지 않으면서도 주변을 금빛으로 변모시키는 진광(眞光)이었다. 나는 흰색의 중성화, 그 가짜 꽃을 주변에 거느리고 벌나비를 유혹하는 오묘한 산수국의 보라색 꽃봉오리를 응시하다가 뒷걸음질하여 산수국을 중심에 둔 풍경을 완상하기도 하고 다시 산수국에 가까이 다가섰다가 주변을 둘러보기도 하면서 가슴을 벅차게 한 그 감흥을 한참 동안 즐겼다.

석굴암으로 오르는 나머지 여정의 내 발걸음은 나는 듯했다. 발로 전해지는 흙길의 부드러운 촉감과 피부를 스치는 상쾌한 미풍 그리고 아래로 내리달으며 환하게 열려 있는 계곡의 호연한 기운이 어우러지면서 산길은 가슴 속에 말로 표현할 수 없는 어떤 희열을 불러일으켰다. 서양 사람들이 흔히 '장소의 정령'(*genius loci*) 이라는 말을 쓰지만 나는 그들이 구체적으로 어떤 느낌에서 그런 표현을 쓰는지는 잘 모른다. 다만 사람을 포근하게 감싸 안아주는 듯한 느낌을 주면서 마음이 소쇄하고 편안해지는 곳이면 거기에 장소의 정령이 깃들어 있다고 말할 수 있지 않을까 하고 내 나름의 기준으로 짐작할 뿐이다. 가령 창녕의 우포늪, 금대봉 인근의 검룡소 가는 초입길, 점봉산의 곰배령 마루에서는 초행길이었는데도 금세 그런 느낌이 왔었다. 그러나 관악산은 수없이 올랐지만 그런 감흥을 주는 곳을 아직 찾지 못했다.

아무튼 그날 석굴암 가는 길, 산수국 꽃이 피어 있는 그 주변에 장소의 정령이 친림한 것이 적어도 내게는 분명해 보였다. 석굴암에 이르러서도 나는 부처님이 모셔져 있는 석굴 쪽보다도 경내에서 내려다보는 자연 풍경에 더 마음을 빼앗겨 눈길이 자꾸 산 아래를 향했다. 그러고 보니 내 어설픈 눈에도 석굴암은 좌우로 좌청룡 우백호가 뚜렷한 명당자리였다.

그렇게 설레는 마음으로 그해 여름 경주 나들이를 마쳤고 나는 그 후로 경주나 석굴암 이야기가 나오면 으레 그때의 감동을 떠올린다. 지금 와서 생각해보면 진부하기조차 한 그 평범한 정경이 왜 그렇게 나에게 감동적이었는지 다른 사람에게는 설명할 길이 없다. 여름 그맘때가 되면 석굴암을 찾아 다시 한 번 그 산길을 걸어 올라가 보아야겠다고 몇 년째 벼르면서도 아직 미적거리고 있다. 내 기억 속에 소중한 이미지로 남아 있는 그때의 가슴 벅찼던 정경이 아무래도 깨져버릴 것 같아서이다.

3 하버드 교정의 도라지꽃

지난봄 이웃집 화단에 도라지가 무리 지어 자라는 것을 보고 서너 뿌리를 얻어다 텃밭의 한쪽에 심었다. 금년 들어 십여 포기로 번식하더니 드디어 7월 중순 무렵 꽃이 피었다. 바람에 하늘거리는 남보라색 꽃이 아련한 감동을 준다. 도라지꽃은 한두 송이 피어 있을 경우에도 다소곳한 모습이 소담스럽지만 군무를 이룬 모습은 참으로 우미하다. 마음을 서늘하게 하는 그 선연한 정경이 문득 시간을 거슬러 내 기억 속의 한 장면을 불러낸다.

그해 여름을 나는 하버드대학이 있는 미국 캠브리지에 머물고 있었다. 몇 년째 씨름하고 있던 서양 회화 속에 나타난 흑인의 이미지를 통시적으로 검토하는 연구를 마무리 짓기 위해서였다. 내 연구에서 빼놓을 수 없는 터너의 「노예선」을 비롯해서 몇몇 중요한 작품이 인근의 보스턴 미술관에 있었다. 나는 수요일 느지막하게 보스턴 미술관에 달려가곤 했다. 통상 5시에 문을 닫는 미술관이 이날만은 직장인들을 위해 밤 9시까지 문을 열고, 게다가 4시가 넘어서 입장하면 관람료를 받지 않았기 때문이다. 더욱이 수요일 저녁에는 미술관의 아담한 내정에서 음악회가 열렸다. 음악회의 프로그램은 클래식 음악에서 재즈까지 다양하면서도 수준 있는 것이었다. 나는 그림을 보다가 피곤하면 몸을 쉴 겸해서 더러 이 음악회를 기웃거렸는데 콩고 킨샤사 출신의 악단 코노노 넘버 원(Konono N°1)이 연주하는 아프리카 음악을 들은 것도 이곳에서였다.

수요일을 제외한 나머지 날들은 주로 하버드에서 도서관 자료를 검토하며 보냈다. 내게 필요한 자료들은 대부분 대학의 본 도서관인 와이드너 도서관과 미술사 도서관에 있었으나 나는 학부생 전용인 라몬트 도서관을 주로 이용했다. 와이드너는 에어컨 바람이 강해서 으스스했고 미술사 도서관은 자리가 협소했다. 반면 라몬트 도서관은 채광이 좋고 아늑했기 때문이다. 나는 와이드너와 미술사 도서관에서 대출 받은 자료를 라몬트에 가지고 가서 읽고 메모를 했다.

그러다가 점심때가 되면 라몬트에서 나와 헨리 무어의 조각상이 웅크리고 있는 앞뜰을 지나 로웹 하우스의 내정으로 건너가서 거기 잔디밭에 앉아 준비해간 샌드위치를 먹었다.

미국의 대학 캠퍼스는 여름이면 학생들이 집으로 돌아가서 대개는 조용한 편이다. 그러나 하버드는 여름에도 이런저런 프로그램들이 많고 게다가 보스턴을 찾는 관광객들이 들러가는 관광 코스가 되다 보니 사람들로 꽤 북적거렸다. 이런 와중에도 로웹 하우스의 내정은 앞과 옆이 막혀 있어서 비교적 한적했다. 게다가 뜰의 한가운데에 작은 화단이 있고 거기에 색색의 꽃들이 피어 있었다. 나는 이 한적함이 좋아서 일과처럼 이곳에 나와 점심을 먹고 나무줄기 사이로 비치는 따갑지 않은 햇살을 즐기며 생각을 정리하곤 했다.

어느 날 뜰의 화단을 망연히 바라보다가 키가 큰 나리꽃 사이에 파묻히다시피 한 남보라색 꽃 몇 송이가 눈에 들어왔다. 친숙한 느낌에 다가가 자세히 보니 바로 도라지꽃이었다. 우리의 토착식물이나 다름없는 도라지가 여기에 있다는 것이 놀라웠다. 미국 문화의 심장부라고 할 수 있는 이곳에 어떻게 해서 우리의 도라지꽃이 심겨 있는 것일까. 한미 수교의 역사가 백여 년이 넘었고 특히 지난 반세기 동안 양국의 밀접한 관계를 생각한다면 그다지 놀랄 일만도 아니지만 어쨌든 나는 이국땅에 우리의 토종 식물이 한 자리를 차지해 꽃을 피우고 있다는 사실이 감격스러웠다. 그리고 오래 만나지 못한 고향 친구를 우연히 만난 것처럼 애틋한 반가움으로 가슴이 뭉클했다.

그 뒤로 로엡 하우스의 내정은 더더욱 친근감이 들었고, 화단의 도라지꽃을 살피는 것이 또 다른 내 중요한 일과가 되었다. 점심 때는 물론이고 아침에 도서관에 나와서 또 저녁에 숙소로 돌아가기 전에 일부러 화단에 들러서 도라지꽃이 여전한지 확인하곤 했다. 나는 다섯 갈래로 갈라진 종 모양의 꽃잎과 그 한가운데에 앙증맞게 펼쳐져 있는 수술을 눈여겨보기도 하고 아직 피어나지 않은 꽃봉오리를 주변의 다른 꽃들이 가리기라도 하면 손으로 그것들을 치워주기도 했다.

이렇게 도라지꽃과 교감을 나누며 객지의 외로움을 달래던 어느 날 오후였다. 여느 때보다 조금 일찍 도서관에서 나와 숙소로 가기 위해 하버드 야드를 가로질러 가고 있는데 누군가 어깨를 툭 쳤다. 돌아보니 이전 직장 동료였던 C교수였다. 직장을 옮긴 후로는 오랫동안 만나지 못한 처지였는데 뜻밖이었다. 그는 뉴욕을 거쳐 미국의 동부 일대를 돌아보는 관광 여행 중이었다. 그의 일행은 깃발을 든 가이드의 안내로 하버드의 교정을 구경하고 사람들이 하도 만져서 발 부분이 반들반들해진 설립자의 동상 앞에서 사진을 찍고 막 돌아 나오는 참이었다. 반가웠지만 일행과 더불어 서둘러 또 다른 목적지로 가야 하는 그와 간단한 수인사를 나누고 헤어져야 했다.

서울에서도 수년 동안을 못 만나던 C교수를 이곳 이역만리에서 뜻밖에 조우하게 된 것은 적잖이 놀라운 일이었다. 생각해보면 이런 우연사가 드문 것만도 아니건만 이 일은 한동안 내 뇌리를 맴돌았다. 그리고 어쩐 일인지 교정의 도라지꽃에 대한 나의 관심과 감흥도 그 후로 시들어버렸다.

4 카하누 열대식물원

카하누 열대식물원은 식물종이 특별히 다양하거나 규모가 큰 곳은 아니다. 또 식물원 조경이 유별나게 빼어난 곳도 아니다. 그렇지만 카하누 식물원만큼 식물들이 생명체로서의 독자성, 달리 말해 존재의 장엄함을 마음속 깊이 느끼게 해주는 곳을 나는 아직껏 본 적이 없다. 그렇다. 카하누 식물원의 나무와 꽃들은 사람의 눈을 즐겁게 하기 위한 전시물이 아니었다. 그것들은 야생의 짙푸른 하늘 아래서 신의 축복을 받으며 살고 있는 독자적 생명체였다. 시간이 정지한 듯한 적요감 속에서 온갖 형상의 녹색 옷을 걸친 열대식물들은 하늘과 바람과 별을 벗 삼고 이따금씩 신과 대화를 나누며 거기에 그렇게 존재하고 있었다. 그리하여 카하누 식물원은 사람들로 하여금 생명의 조화와 질서 그리고 그 일환인 인간과 자연의 관계를 새삼 되돌아보게 만드는 것이었다.

카하누 식물원은 하와이의 마우이 섬 동북쪽 하나 지역의 바닷가에 있는 미국 국립열대식물원 중의 하나이다. 열대식물의 보존

카하누 열대식물원 정경
독자적 생명체로서 존재의 장엄함을 과시하고 있는 나무들.

과 채집 그리고 체계적 연구의 필요성을 인정하여 1964년 미국 의회가 제정한 설치령에 따라 세워진 국립열대식물원은 전국적으로 하와이주에 네 곳, 플로리다주에 한 곳이 있는데, 카하누 식물원은 그중의 하나이다. 카하누 식물원은 특히 하와이와 폴리네시아가 원산지인 식물들을 잘 보존하고 관리하는 것으로 정평이 나있다.

카하누 식물원을 보러 가는 여정 자체가 하나의 작은 모험이다. 하와이 제도 중의 시원적 정취가 여전히 남아 있는 마우이 섬, 그곳에서도 험로로 소문난 이른바 '하나로 가는 길'을 통과해야 하기 때문이다. 마우이 공항이 있는 카훌루이에서 옛날 사탕수수 집산지인 파이아를 지나 하나에 이르는 52마일의 해안도로는 무려 600여 곳의 굴곡과 차 한 대가 가까스로 통과할 수 있는 50여 개의 다리가 산재해 있는 험한 길이다. 이렇게 가파르고 좁은 길이지만 굽이를 돌 때마다 펼쳐지는 녹음 짙은 계곡과 그 사이사이의 폭포 그리고 태평양의 거친 파도가 밀려와 하얀 포말을 일으키는 해안 단애의 풍경은 탄성이 저절로 나오게 만든다.

하나는 하와이주 내에서도 원주민 민속 전통이 가장 잘 보존되어 있는 작은 농촌 마을이다. 이곳 토박이 주민들의 상당수는 아직도 전통적인 방식으로 타로를 재배하고 바다에서 물고기를 잡아 생계를 꾸려나간다. 이들이 햄버거와 아이스크림을 먹고 스무디를 마시지 않는 것은 아니지만, 주식은 여전히 타로를 으깨어 직접 만든 '포이(poi)'와 티나무 잎에 싸서 먹는 삶은 생선과 파파야, 바나나, 망고와 같은 과일들이다. 원주민들은 여전히 전통적인 축제인 '루아우(luau)'를 소중히 여기고 축제의 음식을 마련하면서 '이

무'에 구운 칼루아 돼지고기를 빠뜨리지 않는다. 카하누 식물원은 자연과 밀착된 하와이의 이런 전통적인 생활양식과 관련된 열대식물들을 주로 식재해 놓은 민속식물원(ethnobotanical garden)이라 할 수 있다. 널찍한 원형의 잔디밭을 중앙에 두고 그 가장자리에 심은 쿠쿠이, 하우, 카바, 티, 대나무, 사탕수수, 바나나, 야자, 코코넛, 고구마, 타로 등 토착화된 열대식물들이 카하누의 주요 식물상을 이루고 있다. 이들을 통해 관람객들은 옛 하와이의 자연환경과 생활상을 어렴풋하게나마 그려볼 수 있는 것이다. 하와이주 전체에서 가장 큰 할라(screwpine, *Pandanus tectorius*) 군락지와 폴리네시아는 물론 필리핀, 인도네시아 등 태평양 일대에서 자생하는 거의 모든 종이 망라되어 있는 빵나무(breadfruit) 숲 또한 카하누 식물원만의 자랑거리이다.

카하누 식물원의 기원은 멀리 19세기 중엽으로 거슬러 올라간다. 1848년 토지개혁(Great Mahele)을 단행한 하와이 왕 카메하메하 3세는 이 지역 카하누 족장에게 이 땅을 하사했다. 그 전에는 모든 땅이 국왕의 소유로 간주되었기 때문에 일반 사람들은 토지를 점유해 사용할 뿐이지 소유할 수는 없었다. 이 조치로 토지에 대한 사적 재산권이 보장되면서 백인들에 의한 플랜테이션 농업이 본격화되고 결과적으로 하와이의 식민화가 가속화된다. 외풍에 흔들리지 않고 이 땅을 지켜온 카하누 추장의 후손들은 1974년 그 일부를 식물원 부지로 내놓았고, 그렇게 해서 오늘의 카하누 열대식물원이 출범할 수 있었다.

해안가라서 비가 많이 오는 데다가 토양도 비옥해서 이곳 식물들은 사시사철 무성하고 싱싱한 모습이다. 식물원 입구에서 빵나무 숲을 지나 잔디밭 나무 그늘 밑에 마련된 주차장에 차를 주차시키고 하우 나무가 우거져 자연스럽게 만들어진 나무 터널을 통과하면 '카누 정원(Canoe Garden)'이 널따랗게 펼쳐진다. 하와이의 열대식물들 중에는 하와이가 원산지인 것도 있고 원주민 조상들이 2,000여 년 전 남쪽 폴리네시아에서 카누를 타고 이주해 올 때 가져와 토착화된 것도 있다. 하와이 제도에 그런 귀화식물이 대략 25종이 자라고 있는 것으로 알려져 있다. 실제로는 어느 것이 토착식물이고 어느 것이 귀화식물인지 불확실한 경우도 많다. 아무튼 그런 귀화식물을 중심으로 조성한 것이 바다로 열려 있는 멋진 '카누 정원'이다.

카하누 식물원은 부지 안에 신을 추모하는 헤이아우(Heiau), 곧 신전의 터가 있기 때문에 또한 특별하다. 카누 정원에 들어서면 멀리 식물원을 경계 짓는 외벽처럼 보이는 검은 용암석 석축물이 바로 그것이다. 식물원 안쪽에서는 보이지 않지만 13미터에 이르는 그 석벽 위로 축구장만 한 크기의 신전 터가 복원되어 있다. 16세기 후반 마우이 섬을 통일한 카하누 족의 위대한 추장 피일라니(Pi'ilani)가 세운 것으로 알려진 이 신전은 하와이주에서 가장 큰 헤이아우이다. 그 검은 석벽이 신성한 신전의 일부라는 것을 알고 난 후 내 눈에 식물원의 조경 전체가 달리 보이기 시작했다. 열대의 강렬한 햇살이 하늘에서 쏟아져 내리는 중앙의 광활한 원형 잔디밭은 차라리 신들이 내려와 한철 머물다 가는 장소로 비친다. 표표한 코코넛 나무들을 스치는 바람소리, 해안가의 파도소리는 이제 신들의 음성으로 들린다. 진녹색 야자수 잎을 번뜩이는 눈부신 햇살, 일렁이는 은빛 파도는 신들의 눈짓 같다.

나는 문득 시인 기형도가 남긴 시 한 구절을 떠올렸다.

성벽은 울창한 숲으로 된 것이어서
누구나 사원을 통과하는 구름 혹은
조용한 공기들이 되지 않으면
한걸음도 들어갈 수 없는 아름답고
신비로운 그 성

이곳이 신들이 잠시 내려와 사는 성전이라면 사람은 시인의 말대로 지나가는 '구름'이나 '조용한 공기' 같은 존재가 되지 않으면 안 된다. 카하누 식물원에서 인간은 다른 모든 존재와 동등하게 신이 마련한 장경의 일부를 이룰 뿐이다. 이 숲의 신전에 입장하기 위해서 인간은 자연을 대상화하는 주어의 자리에서 내려와야 한다. 이곳에서 인간을 포함한 모든 생명은 삶의 의당한 질서와 조화를 드러내는 동등한 존재일 따름이다.

1킬로미터가 채 안 되는 관람로의 끝자락 해안가에 오두막 한 채가 눈에 들어온다. 하와이 말로 할레 호오키파(Hale Ho'okipa), 곧 외부인을 환영하는 집이다. 걸려 있는 안내 패널은 유서 깊은 이곳의 역사를 전하고 있다. 집 주위에는 할라나무와 티나무들이 많이 심겨 있다. 소박한 널빤지 의자에 앉으니 나무들 사이로 태평양 푸른 바다가 넘실거린다. 고즈넉하면서도 엄숙하고 평화스러우면서도 성스러운 이곳 분위기에 빨려 들어가 나는 잠시 무아지경이 된다. 파도소리와 바람소리는 사위를 더욱 짙은 고요에 감싸이게 한다. 누군가도 이 고즈넉한 풍경에 정신을 빼앗긴 듯 의자 위에 주인 없는 선글라스 하나가 놓여 있다.

관람을 마무리하는 귀로는 메리 위샤드 코코넛 숲 가장자리를 통과한다. 푸른 하늘을 떠받들고 서 있는 이곳 코코넛 야자들은 흡사 속진을 떨치고 비상하는 새의 형상이다. 그것을 바라보는 마음 또한 후련하고 장쾌해진다. 그러나 세속의 존재들이 지나치게 높이 천상으로 오르고자 하면 자칫 이카루스처럼 추락할 수가 있다. 그런 비상의 욕망을 제어하는 추처럼 타원형의 육중한 코코넛 열매들이 여기저기 땅에 흩어져 있다. 그리고 대지에 보다 밀착된 낮은 키의 비스마르크 야자도 더러 눈에 띈다. 하늘과 땅의 조화 또한 자연 질서의 일부인 것이다.

원시의 산과 바다를 배경으로 열대의 나무와 꽃들이 어우러진 카하누 식물원은 자연에 밀착된 삶을 살아온 하와이 원주민의 환경적 상상력이 빚어낸 독특한 정원의 모습을 선보이고 있다. 그것은 화려한 꽃들과 인공의 조경미를 뽐내는 여느 정원과 다르다. 그 정원은 소박하지만 생명의 장엄함으로 충만된 곳이다. 그것은 인간이 꾸민 곳이면서도 인간이 자연의 질서 속으로 잦아든 공간이다. 사람들이 카하누 식물원에서 행복감을 느낀다면 인간의 손때가 묻지 않은 본래적인 자연의 모습을 어렴풋이나마 그려볼 수 있기 때문일 것이다. 환경 위기가 날로 심화되어 가고 있는 오늘날 비록 잠시일지라도 그런 비전을 향유하는 것은 그 자체로 소중한 체험이 아닐 수 없다.

5 동행의 즐거움

초가을의 지리산 산행

지난여름의 지리산 종주에 끼지 못해 아쉬웠던 터에 다시금 지리산 등정에 나설 것이라는 산악회의 공지를 받고 무턱대고 따라나서기로 했다. 토요일 학회의 참석을 종용 받았지만 적당히 둘러댄 터라 여느 때처럼 7시에 교대역을 출발하는 산행 버스에 오르면서 나는 자못 상기되어 있었다. 그 설렘은 학회를 빠진 죄책감 탓도 없지 않았겠지만, 그보다는 나 자신에게 한 약속을 어떻든 이행하게 된 뿌듯함과 오랜 기대의 흥분 때문이었을 것이다. 무릎이 부실해졌으니 이제 산행은 그만두라는 의사의 권고에도 불구하고 작년 가을 1박 2일 여정으로 모처럼 설악산에 올라 동트는 대청봉 정상에서 금년에는 지리산을 종주하리라 다짐했었다. 지난번 종주가 호우로 중단되었고 이번 산행이 그 미완을 채우는 서북 능선, 곧 성삼재 - 만복대 - 정령치 - 고리봉 - 고기리 코스라는 점도 마음을 동하게 했다. 최근에 백두대간 탐방이 붐을 이룬 탓에 이 서북능선이 주목 받기 시작하고 있지만 지리산 산행은 대부분 노고단과 천왕봉 사이를 답파하는 것이어서 마음먹지 않고서는 쉽게 가볼 수 없는 노정이었기 때문이다. 노고운해와 천왕일출의 숭엄한 장경을 뒷날의 볼거리로 기약해두는 여운도 나쁘지 않을 것이라는 생각이 동참의 발걸음을 한결 가볍게 했다.

뒷좌석에 앉아서 가을로 접어드는 차창 풍경을 바라보고 있노라니 어느새 천안-논산 고속도로의 정안 휴게소에 이르렀다. 간단한 아침 식사를 하고 차에 올라 잠시 눈을 붙였다 떠보니 버스는 천은사 매표소를 지나 성삼재 오르막길을 오르고 있었다. 성삼재 주차장은 이미 차들로 빼곡했다. 주차장 아래 100여 미터 지점의 왼편 철조망 사이에 만복대로 오르는 산길의 입구가 보인다. 만복대까지는 5.4km, 2시간 거리이다. 우리 일행은 등반대장의 권유에 따라 가벼운 스트레칭을 하고, 열을 지어 이내 산길로 들어섰다. 성삼재가 이미 1,090m이고 보니 1,248m인 작은 고리봉까지의 길은 완만한 오름의 연속이다. 15분쯤 걸으니 헬기장이 보였고 이내 지리산 온천이 있는 당동마을로 내려가는 삼거리를 지났다. 길은 계속 순탄한 오르막이다. 길섶에 핀 쑥부쟁이, 구절초 등 화사한 야생화가 단조로운 초록의 산색에 변화를 준다. 사진을 찍거나 더러 이야기를 나누는 분들이 있었지만 단색조의 풍경 탓인지 대부분 말없이 발걸음을 옮기고 있었다.

산은 오르는 것이 아니라(登山) 몸을 낮춰 들어가는 것(入山)이라고 했던가. 이 산행의 윤리를 전형적인 육산(肉山)인 지리산에서만큼 수긍할 만한 곳이 달리 또 있을까. 혈기방장한 청년 같은 골산(骨山)인 설악산에서라면 '등산' 했노라는 호언이 마냥 객기로 들리지 않겠지만, 어머니의 품처럼 넓고도 깊은 지리산에서는 물정 모르는 치기로 들리기 십상이다. 입산이라! 우리 현대사의 뼈아픈 상처를 간직하고 있는 지리산에서 그 말은 또 다른 함의로 가슴을 울린다. 조정래의 『태백산맥』이나 이병주의 『지리산』과 같은 우리의 대표적인 대하소설은 바로 일탈과 전복의 길인 '입산'을 운명처럼 선택한 사람들의 이야기이다. 바람에 사운거리는 산죽 사이를 지날 때마다 어디선가 몸을 숨기고 착종된 운명과 가혹한 현실 앞에 스스로를 향해 허탈하게 내뱉는 그들의 고뇌에 찬 혼잣말이 들리는 듯하다.

고리봉 정상에서 잠시 숨을 돌리고 이내 만복대를 향해 걸음을 재촉했다. 길은 이제 완만한 내리막길이다. 얼마 가지 않아 또 다른 헬리콥터장이 나오고 길은 묘봉치(1,108m)를 향해 계속 내달린다. 간혹 우리와 반대편에서 능선을 남진하는 사람들과 마주쳤지만 등산객이 그렇게 많지 않아서 앞뒤가 멀어지는 경우 종종 고즈넉한 분위기에 감싸이기도 했다. 가을 산이라 한여름의 열기는 가셨지만 그래도 걷기가 계속되면서 연신 땀이 났다. 하늘에 구름이 얕게 깔려 햇살을 가려주어서 그나마 다행이었다. 이런 가운데 뜻밖에 누린 작은 호사가 발걸음을 가볍게 해주었다. 에도는 내리막길의 한쪽 편편한 공간의 나무 그늘 아래에 한 여성 등산객이 버너에 불을 지펴 커피를 내려 마시고 있었다. 가까이 다가가니 커피향이 그녀가 앉아 있는 자그만 초록 공간을 휘감으며 별스런 세계로 만들고 있었다. 그녀는 남은 커피를 우리 일행에게 권하면서 아직 커피 맛이 진하니 물을 얻을 수 있다면 포트에 부어서 커피를 더 내리겠다고 말했다. 누군가 물을 건넸고 커피가 준비될 때까지 기다렸다가 얻어 마셨다.

내린 커피가 아니면 마시지 않는다는 커피광의 유별스러움을 내심 못마땅하게 생각해 왔지만 이 고산지대에까지 커피포트를 가지고 와서 커피를 직접 만들어 마시는 열정의 순수함만은 인정해야 할 것 같다. 그것이 집착이 아니라 마음의 여유에서 비롯된 것이라면 멋진 풍류라고 해야 하리라. 옛 선비들도 산천을 유람하면서 산수 구경에 풍류를 덧붙이고자 종종 고수나 풍각쟁이를 동반했다는 기록이 보인다. 산청의 지리산 자락에 학문의 둥지를 틀고 은거했던 남명 조식 선생도 십여 차례 지리산을 탐방하면서 북치고 피리 부는 사람은 물론 기생까지 대동한 것으로 그의 지리산 기행은 전하고 있다.

묘봉치를 지나면서 길은 다시 오르막으로 바뀐다. 이제 만복대가 소의 등허리처럼 부드러운 능선을 이루며 눈앞에 펼쳐지고 있다. 그것과 거의 나란히 멀리 뱀사골 너머 남쪽으로 노고단에서 반야봉으로 이어지는 주능선이 추녀마루처럼 이어져 있다. 뿌연 박무가 원경의 시야를 다소 흐리게 하고 있지만 능선의 윤곽이 뚜렷이 드러나 있어서 3도 5군을 포괄하는 지리산의 광활한 위용을 조감하기에는 어려움이 없다. 서부 능선 코스는 이렇게 100여 리에 걸치는 지리산의 주능선을 옆으로 조망하면서 산행을 하는 묘미가 각별하다.

이윽고 서북 능선 최고봉인 만복대 정상이다. 성삼재로부터 두 시간 남짓이다. 큰 키 나무들은 사라지고 키 작은 관목과 억새가 만복대 정상으로 이어지는 길 양편을 수놓고 있다. 늦가을이면 만복대 주변은 억새의 물결로 장관을 이룬다는데 부챗살의 꽃을 피운 것은 아직 간간히 눈에 띌 뿐이고 산간은 여전히 여름의 초록이 지배하고 있다. 평퍼짐한 산마루로 올라서니 해발 '1,483.4m'라고 새겨져 있는 정상석이 눈에 들어오고 그 옆으로 사람들이 쌓아올린 돌탑이 하늘 한가운데를 가르며 서 있다. 사면팔방에서 온갖 복이 몰려오는 명당자리라 하여 붙여진 이름이라고 하니 이곳 정상에 올라서서 간절해지는 기복의 정성이 하나하나 모여 돌탑을 만들었을 것이다.

만복대 정상은 사면으로 거칠 것 없는 조망을 제공한다. 작가 조정래는 지리산의 산세를 "산이 산을 품고, 산이 산을 업고, 산이 산을 거느리고 있는 그 크기도 모양새도 쉽사리 알 수 없는 미궁의 산"이라고 표현한 적이 있다. 만복대에서 보이는 지리산의 형상은 과연 그러했다. 첩첩이 이어지는 산과 골짜기의 모양새가 적어도 외양으로는 금강산이나 설악산처럼 수려하다고 할 수는 없으나 그럼에도 불구하고 장엄하고 웅숭깊은 느낌을 준다. 이 무궁한 다면성이 어쩌면 유례없는 명칭의 다양성을 초래한 것인지도 모른다. 지리산과 널리 알려져 있는 별칭인 두류산만 해도 한자가 서로 다르게 쓰는 경우가 여럿이고(智異, 智利, 地理, 地而, 知異; 頭流, 頭留), 이 밖에 방장산(方丈山), 남악산(南岳山), 방호산(方壺山), 불복산(不服山), 반역산(反逆山), 봉익산(鳳翼山), 부산(富山), 신산(神山), 적구산(赤狗山)으로도 불려 왔다. 각각의 명칭에 저마다 다른 사연과

신화와 전설이 깃들어 있음은 물론이다.

산행의 재미야 여럿이지만 함께 모여 식사하는 즐거움을 빠뜨릴 수 없다. 우리 일행은 만복대 정상에 펼쳐진 풀밭 한편을 차지하고 저마다 편한 자세로 앉아서 점심을 먹었다. 밥 혹은 김밥이 주종을 이루고 있지만, 빵과 샌드위치 또는 간편하게 과자로 대신하는 사람도 있다. 소주와 위스키 그리고 향긋한 과실주가 반주로 나와 모두 조금씩 나눠 마시니 격의 없는 대화가 이어진다. 학문적 관심사나 성별 혹은 나이 차이가 산에서는 거의 문제가 되지 않는다. 이 화이부동의 체험이 산악회를 이끌어가는 진정한 원동력이라는 생각이 새삼 절감된다.

갈 길이 멀다는 등반대장의 재촉에 일행은 화기애애한 분위기를 접고 짐을 챙겨 일어나 출발을 서둘렀다. 우리는 단체사진을 서둘러 찍고 정령치를 향해 내려가기 시작했다. 정령치까지의 거리는 2km, 완만한 내리막길이다. 배낭은 가벼워졌으나 식후의 포만감이 발걸음을 더디게 했다. 40여 분만에 정령치의 주차장에 도착하여 휴게소 계단에 앉아 맥주로 목을 축이며 잠시 휴식을 취했다. 반야봉을 비롯한 지리산 봉우리의 형상을 인체와 대비시켜 설명하는 K교수의 재담에 모두 흥겨운 망중한을 즐겼다. 지리산은 지혜로워지는 산이라고 했던가. 전공과 무관하게 야생화에 해박한 K교수의 예지와 통찰이 짧은 재담에서 더욱 빛나 보였다.

일행 중 힘들어 하는 분들은 여기에서 버스를 타고 고기리로 곧바로 내려가고 나머지는 다시 고리봉을 향해 발걸음을 옮겼다.

고리봉까지는 0.5km여서 단숨에 올랐다. 고리봉 정상은 조촐한 공터의 모습이다. 표지석도 보이지 않고 이정표 밑에 해발 '1,305m'라고 고리봉의 높이가 표기되어 있을 뿐이다. 이곳 고리봉은 성삼재 쪽의 작은 고리봉과 구별하여 큰 고리봉이라고 불러 왔는데 두리봉이라고 표기된 지도도 더러 있는 것 같다. 능선은 이곳 고리봉에서 북쪽 바래봉으로 계속 이어지지만 백두대간은 여기에서 좌로 꺾어져 고기리 쪽으로 방향을 튼다.

고리봉 정상에서 고기리까지는 급전직하의 내리막길이 이어진다. 이쪽 사면이 이렇게 급경사를 이루고 있기 때문에 옛날에는 그 자체로 훌륭한 방책 역할을 했을 것 같다. 백제에 쫓겨 도망친 마한의 잔존 세력이 달궁계곡에 궁성을 둔 것도 이런 지리적 이점 때문이었을 것이다. 무릎 관절이 부실한 처지여서 내게는 아주 힘든 코스였다. 1시간이 넘게 급경사 길을 내려오면서 남명 선생이 『유두류록(遊頭流錄)』에 인용한 말이 새삼 생각났다. "선을 따르는 것은 산을 오르는 것과 같고 악을 따르기는 무너져 내리는 것과 같다(從善如登 從惡如崩)." 아마 남명 선생도 지리산에 오르내린 체험으로 절실히 공감되었기에 이 말을 특기해두었을 것이다. 길이 다소 평탄해지면서 우측으로 고기 저수지가 보이고 주변은 우람한 소나무들이 늘어서 있었다. 쓰러져 누워 있는 소나무들도 여럿 보였다. 아마 지난번 태풍의 피해일 것이다. 큰 고리봉에서 하산하기 시작한 지 1시간 30분 만에 마침내 오늘 산행의 종착지 고기리에 도착했다. 백두대간은 이곳에서 남원군 주천면 덕치리 노치마을을 지나 수정봉을 거쳐 덕유산으로 이어진다. 약 2km에 걸쳐 노

치마을을 관통하는 이 구간이 백두대간 중에서 유일하게 도로와 함께 가는 부분이다. 이 구간은 언뜻 낮은 평야지대처럼 보이지만 실상은 해발 500m의 고지이다.

고기리에서 행장을 수습하고 버스에 올라 남원으로 향했다. 이곳에 연고가 있는 분의 주선으로 남원 시내에서 제일가는 맛집으로 알려진 식당에 저녁 식사가 마련되어 있었다. 무엇보다 토종 한우의 맛이 일품이었다. 곁들여 함께 나온 송이의 향긋한 향이 들이키는 맥주 맛을 더욱 청량하게 해주었다. 오묘한 맛의 별식과 찬이 풍성한 식사를 즐기며 일행은 피로의 기색 없이 격의 없는 담소를 이어나간다. 9월의 어느 하루는 민족의 영산 지리산을 찾은 동행의 즐거움 속에서 그렇게 저물어 갔다.

6 고향 상실 시대의 귀향

명절 때마다 되풀이되는 귀성전쟁은 산업사회로 들어선 1970년대 이후 한국 사회의 빼놓을 수 없는 풍속도의 하나이다. 명절에 즈음하여 신문은 으레 길 안내 특집을 꾸미고, TV와 라디오는 보다 편안한 귀향길을 위한 특별 방송을 내보낸다. 도로를 가득 메운 귀성행렬을 TV로 지켜보면서, 한편으로는 즐거워야 할 귀향길이 연례행사의 고역으로, 그것도 별로 개선될 가망이 없이 반복되고 있는 현실이 새삼 답답해지기도 하지만, 돌아갈 고향을 잃은 지 오래인 나로서는 다른 한편으로 슬며시 부러운 마음이 들기도 한다. 분단과 전쟁으로 인해 북녘에 고향을 두고 온 분들에게 이 연례 의식과도 같은 긴 행렬은 두고 온 산하에 대한 그리움, 그리고 곁들여 이산의 아픔을 다시금 자극하여 고향에 대한 평소의 향수를 절대적인 상실감으로 재확인하는 계기일 법하다. 그러나 남쪽 시골 출신이면서도 돌아가 '다정하게 안길' 고향을 잃어버린 나 같은 사람에게 그 부러움은 또 다른 착잡함을 불러일으킨다.

중문학자이자 뛰어난 수필가인 허세욱은 '움직이는 고향'이란 표현을 쓴 적이 있다. 고향을 떠나 도시에서 생활하는 많은 사람들에게 고향은 이제 어머니가 계시는 곳이라는 것이다. 어머니가 큰 아들과 함께 살고 있으면, 어머니가 거처하는 큰집이 고향이 된다. 그러다가 어머니가 딸네 집으로 거처를 옮기기라도 하면, 자식들은 명절이 되면 어머니가 계시는 딸네 집이 고향인 양 그곳으로 모여든다. 보통 때보다 두서너 배의 시간이 걸리는 귀성길에 나서는 사람들의 상당수도 어쩌면 그 목적지가 어린 시절 뛰놀던 옛 향리라기보다 인근의 도시에 살고 있는 부모님의 집일 것이다. 어머니가 계시는 곳이 고향이라는 생각에는 근대화의 물결에 떠밀려 고향을 잃은 나와 같은 처지의 사람들이 어떻게라도 고향을 간직하고자 하는 안타까운 소망이 배어 있다.

그 말은 또한 고향을 그리는 애틋한 향수의 정에는 필경 어머니라는 말이 불러일으키는 온갖 감회가 내포되어 있음을 상기시킨다. 사실 고향(hometown)은, 영어를 포함한 대부분의 서양 언어에서 뚜렷이 드러나지만, 집(home)이 있는 마을이다. 본래 의미 그대로 고향은 어머니가 계시는 옛집, 그것을 둘러싼 정겨운 자연 풍경, 그리고 따뜻한 이웃들이 어울려 사는 곳을 뜻한다. 고향은 따뜻한 정과 사랑이 오가는 곳이요, 세사에 지친 영혼을 포근히 감싸 안아 주는 공간이다. 그것은 유년의 추억이 깃들어 있는 삶의 본향이자 일상사로부터 잠시 벗어나 돌아가 쉴 수 있는 안식처이다. 탈향이 많은 경우 종국에 귀향의 길로 이어지는 것도, 시인 정지용으로 하여금 "그 곳이 참하 꿈엔들 잊힐리야"라고 고향송을 부르게 한 것도, 고향의 이 모성적 마력 때문일 것이다.

마찬가지 이유로 사람들은 또한 고향땅을 쉽사리 떠나지 못한다. 궁벽지고, 불편하고, 심지어는 위험한 재난을 빈번히 당하는 곳임에도 불구하고 누대에 걸쳐서 고향을 지키며 사는 사람들도 있다. 얼마 전 식구들과 함께 허리케인에 할퀸 뉴올리언즈의 처참한 모습을 TV를 통해 보고 있었다. 대학을 갓 졸업한 딸아이가 미국 남부의 경우 거의 해마다 허리케인의 피해를 입는데 왜 굳이 그곳에서 살면서 매년 피해를 당하는지 알 수 없다고 말했다. 이는 실로 고향이 무엇인지 모르는 소치이다. 이 말을 들으면서 나는 도시에서 태어나서 이곳저곳을 옮겨 다니며 자란 딸아이는 아예 잃어버릴 고향조차 없는 이른바 노마드 세대에 속한다는 것을 새삼 깨달았다. 특정한 장소에 매여 있지 않는 이런 부유의 삶을 미래의 삶의 길로 상찬한 철학자도 있지만 나에겐 어쩐지 등대의 불빛을 찾지 못한 채 격랑의 바다를 헤매야 하는 위태위태한 삶으로 보일 뿐이다.

삶의 밑뿌리 혹은 존재의 시원으로서 고향이 사람들을 끌어당기는 마력과 관련하여 나는 종종 『주홍글자』의 작가 너대니엘 호손을 생각한다. 『주홍글자』와 뒤이은 『칠 박공의 집』은 물론 그의 단편 대부분은 그의 고향 세일럼을 중심으로 한 뉴잉글랜드 역사와 전설을 소재로 한 것이다. 『주홍글자』의 첫머리, 「세관」이라고 이름 붙인 머리글에서 호손은 자신의 삶에서 고향 세일럼이 갖는 각별한 의미를 이모저모 살피고 있다. 세일럼은 영국에서 건너온 그의 선조들이 정착하여 대대로 살아온 곳이다. 호손 또한 세일럼에서 태어나 청소년기를 이곳에서 보냈다. 성년이 된 후에 호손은 세일럼을 떠나 이곳저곳 타지로 전전했으나 대개의 경우 몇 년 뒤에는 어김없이 고향으로 돌아오곤 했다. 이처럼 고향 세일럼이 마치 '우주의 중심'이라도 되는 듯이 혹은 '지상의 천국'인 양 주기적으로 되돌아오는 자신의 삶의 행보를 되돌아보면서 호손은 귀향을 자극하는 고향의 이 마력을 "흙이 될 몸이 흙에 대해서 품는 육감적인 공감"이라고 표현한다. 또 다른 대목에서 그는 이 숙명 같은 애착심을 "사랑이라기보다는 본능 같은 것"이라고 말하기도 한다.

떠나온 고향에 대한 인간의 그리움, 귀향에의 갈구는 정녕 연어나 제비갈매기의 삶을 특징짓는 귀소본능과 다를 게 없다. 그 근저에는 호손이 암시하고 있는 흙에서 흙으로 돌아가고자 하는 삶의 근본 원리 혹은 제가 태어난 곳으로 돌아가고자 하는 생명체의 불가해한 본능이 깃들어 있다. 오늘의 환경 위기와 더불어 새로운 학문으로 부상한 생태학은 삶의 본원적 터전에 대한 갈망이 존재의 본질적 조건임을 일깨우고 있다. 기실 생태학은 삶의 근원으로서의 집에 대한 성찰이다. 그것은 근대 기술문명이 파괴해버린 삶의 본향에 대한 인간 영혼의 한결같은 동경, 곧 집의 신비를 우리의 삶 속에 회복시키고자 하는 노력에서 출발한 것이다. 하이데거가 현대 세계를 현존재가 본래적인 모습으로 자족할 본질 공간을 잃은 고향 상실의 시대로 규정짓고 있는 것도 마찬가지 이유에서이다.

고향은 기실 떠남을 전제로 한다. 떠나와 있기에, 곧 상실한 것이기에 고향은 애틋한 그리움의 정을 그만큼 더 강렬한 것으로 만든다. 역사적으로 악명 높았던 마녀 사냥의 본고장이라는 오명에도 불구하고 날로 퇴락해가는 세일럼이 호손에게 거역할 수 없는 향수를 불러일으킨 것도 실상 일생 동안 그를 사로잡고 있었던 실향민 의식에서 기인한다. 그는 급격한 산업화와 이념적 갈등으로 소용돌이친 유례없는 격동의 시대를 살면서 고향 세일럼을 포함하여 어디에서도 안주감을 느낄 수 없었다. 그가 만년에 가까스로 갖게 된 집에 '노변(The Wayside)'이란 명칭을 붙인 것도 자신이 고향을 잃은 뿌리 뽑힌 존재라는 자의식의 소산이다.

우리의 시골은 개발 열풍으로 옛 정취를 잃은 지 오래이다. 얼마 전 어렸을 때 옮겨 다니며 살았던 옛집과 동네를 돌아보면서 나 역시 실제로 돌아갈 고향이 부재하는 실향민임을 절감하였다. 어디에서도 내 유소년기의 추억 속에 남아 있는 고향의 모습은 찾아볼 수가 없었다. 명절에 고향을 찾는 사람들 역시 마찬가지일 것이라고 짐작한다. 그들의 대다수는 피곤한 도회지의 일상 속에서 아련한 향수로 이따금 떠올리는 고향, 어린 시절의 추억이 담겨 있는 그 정다운 고향의 모습은 이제 더 이상 존재하지 않는다는 것을 새삼 확인할 뿐이라고 생각한다.

그럼에도 불구하고 사람들은 왜 고향을 찾는 것인가? 교통체증으로 고생할 것을 뻔히 알면서도 왜 사람들은 명절 때마다 일견 바보스럽게까지 비치는 이 귀향 행렬에 동참하는 것인가? 어떤 철학자는 그것을 잔존하는 구시대 전통의 맹목적 추수로 혹은 현대적 삶이 강요하는 일종의 소집의 의식으로 비판한 적이 있다. 그러나 나는 해마다 의식처럼 연출되는 이 정경이야말로 고향이 표상하는 따뜻한 정과 공동체적 유대를 기반으로 한 소박한 삶, 자연과 조화를 이룬 단순질박한 삶의 상실을 증언하면서 동시에 이제 기억 속에나 희미하게 남아 있는 그런 본래적 삶의 세계로 되돌아가고 싶은 무의식적 소망을 함께 표출하고 있는 우리 시대의 풍속적 자화상이라고 생각한다. 그러기에 고속도로를 가득 메운 그 귀성행렬은 나에겐 죽음을 무릅쓰고 남대천을 거슬러 오르는 연어 떼의 모습과 언제나 겹쳐 보인다. 그것은 우리의 주체적 의식에서, 더 나아가 우리 삶 일반에서, 오랫동안 잊혀 왔던 생득적 공간의 중요성을 환기시키는 하나의 상징적 의식이다.

얼마 전 화집을 뒤적이다가 눈을 강렬하게 잡아끄는 한 그림 앞에서 한참을 멈춰 있던 적이 있다. 바로 마인데르트 호베마의 「미델하르니스의 가로수길」이다. 들판의 한가운데를 가로지르는 길과 그 양 옆에 하늘 높이 늘어서 있는 가로수를 그린 풍경이다. 해설자는 이 그림에서 가로수는 비로소 장엄한 정치권력의 행렬을 위한 장식적 배경의 기능에서 벗어나 그 자체로 독자적인 의미를 갖기 시작했다고 적고 있다.

이 그림이 나를 사로잡은 것은 물론 자유의 기상을 뽐내는 것으로 해설자가 말한 가로수의 상징성 때문이 아니었다. 나는 거기에서 지금은 사라지고 없는 내 어릴 적 우리 집의 모습을 보았다. 들녘의 외딴 집이었던 그 집 역시 호베마의 그림처럼 들로 난 길섶에 있었고 커다란 포플러 나무들이 입구에 심겨 있었다. 다시 말

마인데르트 호베마, 「미델하르니스의 가로수길」, 1689

해 호베마의 풍경화는 내 기억 속에 남아 있는 고향의 이미지를 환기시키며 내 귀소본능을 자극했던 것이다. 명절은 이처럼 사람들의 기억 속에나 남아 있는 고향의 이미지를 되살리면서 그들로 하여금 조건반사적으로 고향을 찾아 떠나게 만드는 것이리라.

7 사과나무 낙원의 꿈

오늘날 우리가 누리고 있는 삶의 복리는 대부분 세인의 기억 속에서 사라진 수많은 다른 사람들의 희생과 노력 덕분이라고 해도 과언이 아니다. 우리의 일상적 삶을 윤택하게 만들고 세상을 보다 살기 좋은 곳으로 만든 일일수록 역발산기개세(力拔山氣蓋世)의 영웅적 행동과 거리가 먼 경우가 많다. 사실 참으로 큰 위업은 작은 일에서부터 시작되는 법이다. 역사에는 그런 작은 선행들이 쌓여서 마침내 큰 산을 이루고, 또 그 하나하나가 수면의 파문처럼 번져 예상치 못한 결과를 만든 경우가 허다하다. 미국에서 일찍이 '사과나무의 사나이(Apple Tree Man)' 혹은 '조니 애플시드(Johnny Appleseed)'라는 애칭으로 전설화된 존 채프먼(John Chapman, 1774~1844)의 삶도 그런 전범적 사례 중의 하나이다.

그의 애칭이 암시하듯이 채프먼은 미국 중서부 지역에 수많은 사과나무를 심은 사람이다. 오늘날 펜실베이니아, 오하이오, 인디애나, 미시건, 일리노이 주의 사과나무는 거의가 그가 싹 틔우고 기른 묘목에서 파생된 것이다. 미국인들이 사과 주스, 사과 파이, 사과 젤리, 혹은 사과 잼을 즐기게 된 것도 따지고 보면 그가 이렇게 사과나무를 널리 보급한 덕분이다. 그는 미국의 독립 직후 아직 먼 변방의 야생지에 불과하던 이 지역을 사과나무가 꽃피는 낙원으로 만들고자 하였다. 그의 일생은 이 꿈의 실현에 바쳐진 것이었다. 그가 만년의 삶을 보내다 임종을 맞은 인디애나주의 포트웨인(Fort Wayne)시를 비롯한 미국 중서부의 여러 곳에서는 해마다 사과의 수확기이자 그의 생일 무렵인 9월 하순에 조니 애플시드 축제를 열어 그의 개척자 정신과 남다른 이타정신을 기리고 있다.

존 채프먼은 1774년 9월 26일 미국 동부 매사추세츠주의 리오민스터에서 태어났다. 그의 아버지는 농부이자 유능한 목수였고, 독립전쟁 때에는 조지 워싱턴의 부대에서 공병 목수로 참전하기도 하였다. 어머니는 그가 두 살 되던 해에 아래 동생을 낳은 후 곧바로 사망하였다. 뉴잉글랜드에서 소년 시절을 보낸 채프먼은 청년이 된 18살 때, 당시로서는 가장 먼 변방이었던 오하이오강을 건너 서부로 갔다. 이 당시 서북영지로 불리던 이 지역은 돌이 많은 동부와 달리 기름진 옥토라는 소문이 나면서 개척의 꿈에 불타는 사람들을 끌어들이고 있었다. 채프먼은 그런 초창기 개척자 그룹의 선두 주자였다.

채프먼은 그러나 거칠고 완악한 여느 개척자와는 달랐다. 그는 변방의 필수품이라고 할 수 있는 총은 물론 여타의 살상 무기를 일체 휴대하지 않고 서부를 누볐다. 그는 인적 없는 변방의 오지에서 혼자 지내는 경우가 많았지만 오직 자연이 베푸는 것에 의지해 먹을 것을 해결했을 뿐, 동물을 죽인 적이 없었다. 한번은 숲 속에서 폭설을 만나 움푹 팬 고목 속으로 피신을 하였는데 그곳은 겨울잠을 자는 곰의 은신처였다. 그는 곰과 더불어 하룻밤을 지내고 아무 일 없이 이튿날 그곳을 떠났다. 그는 또 덫에 걸린 늑대를 구해준 적이 있는데, 이 늑대가 한동안 그를 따라다녔다는 일화도 있다.

채프먼은 인디언들과도 우호적으로 지냈다. 그는 그들의 언어를 배웠고, 그들의 문화를 이해하려고 애썼으며, 백인 문화와 인디언 문화의 교류와 공존의 필요성을 역설하였다. 그는 부상을 당해 길에 쓰러져 있는 한 쇼니 족 인디언을 약초로 정성껏 치료하여 소생시켜 준 적이 있었다. 그 뒤로 쇼니 족 인디언들은 그를 존경하고 그가 그들의 종족 모임에 참석하는 것도 허용했다고 한다. 인디언과의 이런 친분으로 그는 변방의 백인들과 인디언들 사이의 분쟁을 막고 조정해주는 '평화의 사도'였다.

그렇다고 그를 낭만적 방랑자라고만 생각하면 오산이다. 그가 필생의 사업으로 삼은 사과나무를 널리 심은 일을 자세히 들여다보면 뉴잉글랜드 출신 양키의 실용주의적 재간이 뚜렷하기 때문이다. 그는 남보다 한발 앞서서 변방에 당도하여 양지바른 터를 골라 개간을 하고 그곳에 사과 씨를 뿌렸다. 사과 씨가 싹이 터서 적당한 크기의 묘목으로 성장할 무렵이면 다른 이주자들이 뒤따라와 사과 묘원 주위에 정착촌을 이루곤 했다. 그는 이주자들에게 집 주변에 사과나무를 심으라고 권하면서 사과 묘목을 나누어 주었다. 그는 능력이 있는 사람에게는 약간의 돈을 받고 묘목을 건넸고, 그렇지 못한 사람에게는 헌 옷가지나 먹을 것을 받기도 하고, 그럴 능력도 없는 사람에게는 아예 거저 나누어 주었다. 정착촌이 어느 정도 형성되면 그는 사과 묘원을 팔고 다시 더 먼 변방으로 가서 같은 방식으로 또 다른 사과 묘원을 일구었다. 이런 식으로 그가 조성한 사과 묘원이 수백 개에 이르고 그의 손을 거쳐 간 사과나무가 100만 그루는 족히 될 것이라고 한다. 중서부의 많은 마을과 도시가 그가 일군 사과 묘원을 중심으로 발달했다고 하니 터를 보는 그의 안목이 놀라울 뿐이다. 채프먼이 접목의 방식이 아니라 씨를 직접 뿌려 묘목을 얻고자 한 것도 그것이 과육의 질을 향상시킨다는 당대의 식물학 이론에 따른 것이었다. 요컨대 그는 치밀한 과학적 영농가였다.

채프먼은 묘원에 파종할 사과 씨를 동부의 사과즙 공장에서 얻었다. 그는 좋은 품종의 사과 씨만을 고르기 위해 여러 공장들을 순회하였다. 그렇게 얻은 사과 씨를 등에 지고 그는 다시 먼 변방까지 걸어서 돌아왔다. 그는 걷기를 좋아했다. 구두가 귀한 시절이라 대개는 맨발로 걸었다. 그의 발뒤꿈치에 굳살이 얼마나 굳게 박혔는지 뱀이 물어도 들어가지 않을 정도였다고 한다. 날이 저물면 그는 이주자의 집을 찾아 하룻밤 유숙을 청했고, 집을 찾지 못하면 자연 속에서 풍찬노숙(風餐露宿)을 했다. 이주자들에게 그는 환영 받는 객이었다. 그는 도시의 소식과 유용한 정보를 전해주는 전령사였고 무엇보다도 오랜 경험에서 우러나온 삶의 예지를 구수한 목소리로 들려주는 이야기꾼이었기 때문이다. 독실한 기독교 신앙의 소유자이면서 스웨덴보리의 신비주의 철학에 심취해 있던 채프먼은 이주자들에게 삶의 신비를 깨우쳐 주었고 사랑의 실천을 가르쳤다.

채프먼의 일생은 정주를 거부하는 노상의 삶이었다. 그러나 그것은 목적 없는 떠돌이의 삶이 아니라 삶의 지평을 부단히 넓히려는 구도의 삶이었다. 변방의 야생지를 사과 꽃이 피는 낙원으로 만들고자 했던 그의 꿈은 필경 '언덕 위의 도시'를 건설하고자 했던 뉴잉글랜드 청교도 이념의 변주라고 말할 수 있다. 그러나 그는 자연을 정복의 대상으로 생각하지 않았고 그 땅의 원주민인 인디언을 멸종시켜야 할 악마의 후손으로 여기지도 않았다. 그의 방랑의 삶은 자연과 문명의 조화를 추구한 그것이었고 문화의 장벽을 뛰어넘어 통문화적 삶을 모색한 것이었다. 그는 요사이 흔히 말하는 노마드였고, 생태주의자였으며, 다문화주의의 실천자였다.

포트웨인에 머물고 있던 1845년 3월 어느 날, 채프먼은 그의 사과 묘원 중의 하나가 소 떼들이 짓밟고 지나가 훼손되었다는 연락을 받았다. 그는 쌀쌀한 날씨였는데도 불구하고 즉시 사과 묘원으로 달려갔다. 사과 묘원을 손질하고 돌아오는 도중에 그는 쓰러지고 말았다. 이미 연로한 그에게 무리였던 것이다. 근처의 한 이주자의 집으로 급히 옮겨졌으나, 그는 폐렴을 이기지 못하고 결국 거기에서 오랜 방랑의 삶을 마감하였다.

몇 해 전 미국에 잠시 머무는 동안 그의 묘소를 찾은 적이 있다. 마크 트웨인의 고향 미주리주의 한니발을 돌아보는 일정 중에, 나는 오래 전 그의 삶의 이야기를 읽고 뭉클했던 감동이 새롭게 떠올라 다른 일정을 포기하고 수백 킬로미터 떨어진 인디애나의 북쪽에 위치한 포트웨인으로 발길을 돌렸다. 하지만 기대와는 달리 포트웨인에서는 정작 그의 무덤은 고사하고 그를 아는 사람도 드물었다. 예전에 스타인벡의 고향 캘리포니아의 샐리나스로 그의 기념관을 찾아갔을 때, 여러 사람에게 물어도 오히려 스타인벡이 누구냐는 반문을 들었던 기억이 새삼 떠올랐다. 포트웨인 시에서 발행하는 안내 책자에도 연중행사의 하나로 조니 애플시드 축제만 언급되어 있을 뿐, 그에 대한 설명은 단 한 구절도 찾아볼 수가 없었다. 제임스 딘의 고향인 인근 그랜트 카운티에서 제임스 딘 공원을 조성하고 그의 기념관을 세워 대대적인 홍보를 하는 것과 너무나 대조적이었다.

나는 시의 외곽에 있는 그의 이름을 딴 공원을 무턱대고 찾아갔다. 공원 안 어디엔가 그의 발자취가 남아 있으리라는 심산에서였다. 조니 애플시드 공원은 꽤 넓었다. 공원의 한편으로 개천이 흐르고 있었는데, 수량이 많고 물살이 급해 물 흐르는 소리가 공원의 정적을 깨뜨리고 있었다. 차를 주차시키고 개울가로 나오자 거위 서너 마리가 뒤뚱거리며 물 밖으로 나와 나를 맞을 뿐, 인적을 찾을 수가 없었다. 길을 따라 얼마쯤 걸으니 이동식 집을 얹은 트레일러들이 이곳저곳 눈에 띄었다. 공원이 캠프장으로 이용되고 있었던 것이다. 마침 그중 한 트레일러에서 사람이 나오는 것을 보고, 나는 반가운 마음으로 다가가 인사를 하였다. 나이든 노인이었다. 그에게 채프먼의 유적에 대해 물었더니 공원 건너편의 산자락을 가리키며 그쪽으로 가면 그의 무덤이 있을 것이라고 말해 주었다. 노인이 가르쳐 준대로 산자락을 오르니 팻말이 보이고 이윽고

존 채프먼의 묘석
"그는 타인을 위해 살았다"는 묘비명이 선명하다.

철책을 두른 그의 무덤이 나타났다.

무덤은 소박했다. 그 앞에 서 있는 자그만 묘석 또한 소박한 것이었다. 묘석에는 "'조니/애플시드'/존 채프만/그는 타인을 위해 살았다"라고 네 줄의 비명과 펼쳐진 성경책 문양이 새겨 있었다. 그리고 그 앞쪽에 인디애나 원예협회에서 세운 명판과 조니 애플시드 추모 재단에서 1965년에 묘지를 보수했다고 기록한 또 다른 명판이 눈에 띄었다. "그는 타인을 위해 살았다(He lived for others)"는 이 말은 이제 '나'를 앞세우기에 급급한 우리의 시대에는 낯선 것이 되고 말았다. 그렇기 때문에 무덤 너머로 희미하게 사그라져가는 그의 비명은 나에게 더더욱 금빛 찬란하게 빛나 보였다. 타인을 위해 살았던 그의 삶은 이제 세월에 파묻힌 전설이 되었다. 사과나무 몇 그루와 빨간 튤립 꽃 서너 송이가 찾는 이 없는 그의 무덤을 쓸쓸히 지키고 있었다.*

*

이 글을 쓴 뒤에 나는 마이클 폴란이 쓴 『욕망하는 식물』(*The Botany of Desire*)을 읽을 기회가 있었다. 이 책의 첫 장에서 폴란은 채프먼의 삶의 족적을 뒤좇으며 사과 이야기를 흥미진진하게 펼치고 있다. 폴란은 채프먼이 접붙이기가 아니라 씨뿌리기 방식으로 사과나무의 번식을 고집함으로써 사과종이 다양해졌고, 결과적으로 건강한 사과나무를 보존할 수 있었다고 특기했다.

8 산처럼 생각하기

해외에서 잠시 지내다가 돌아온 사람들로부터 우리 자연에 대한 예찬을 종종 듣는다. 얼마 전 영국에서 1년간 연구년을 보내고 돌아온 직장의 동료 한 분도 영국의 이곳저곳을 두루 여행하고 난 후 크고 작은 산봉우리들이 이어지고 그 사이사이에 맑은 계류가 흐르는 우리의 산천이 새삼 그리워졌다고 토로하는 것을 들었다. 영국 생활을 처음 시작할 때는 낮은 구릉에 푸른 초지가 펼쳐져 있는 체류지 인근의 풍경이 안정적이고 편안해 보여 좋았으나 어디를 가나 그런 단조로운 모습뿐이어서 산천경개가 다양한 우리의 자연 풍경이 참으로 아름답다는 것을 새삼 느꼈다는 것이다. 미국의 이곳저곳에서 생활하면서 나 역시 비슷한 소회를 가졌었다. 미국의 삼림이 울창하긴 하나 일부 국립공원 지역을 제외하고는 우리의 산처럼 아기자기한 모습은 찾아보기 어려웠다.

몇 년 전 어느 봄날 해외에서 국내 학회에 참석한 외국학자들을 사직동에서 출발하여 인왕산 둘레길로 안내한 적이 있었다. 이들 역시 미끈한 바위들이 솟아 있는 산기슭의 처처에 피어 있는 분홍의 철쭉꽃을 보고 도심의 지척에 펼쳐진 아름다운 산간 풍경에 찬탄을 연발하는 것이었다. 내가 주말을 보내는 산그늘 아래의 거처를 가기 위해서는 서울 근교이지만 산굽이를 몇 차례 돌아서 고갯마루를 지나야 한다. 처음 이곳을 찾아가면서 서울에서 멀지 않은 곳에 산세가 제법 외외한 이런 고갯길이 있다는 것에 놀랐었다. 고갯마루에 서면 산들이 첩첩이 이어져 있고 그 아래로 가느다란 띠처럼 길이 가로지르고 있는 전형적인 산야의 풍경이 펼쳐진다. 밤중에 첩첩 산 너머의 하늘에 둥근 달이라도 떠오르면 그 아스라한 정경은 우리의 삶이 도시화되었다고 하지만 여전히 자연의 품안에 안겨 영위되고 있다는 사실을 새삼 환기시킨다. 석양 무렵이나 달이 뜬 한밤중에 이 고갯길을 지날 경우 나는 고갯마루에 이르러 종종 차를 멈추고 그 고즈넉한 풍경에 잦아들면서 산의 숨소리에 귀를 기울이곤 한다.

미국의 유명한 산림학자이자 생태사상가인 앨도 레오폴드(Aldo Leopold)의 유고집인 『샌드 카운티 연감』에는 「산처럼 생각하기」란 짧은 글이 실려 있다. 레오폴드가 생태적 예지에 눈뜨는 계기를 감동적으로 그리고 있는 이 에세이도 야생의 산소리를 오랫동안 들어온 경험의 소산이다. 레오폴드는 예일대 산림학부를 졸업하고 한동안 미국 남서부 건조지역의 삼림청 공무원으로 근무하다가 생의 후반기에는 중서부 북쪽에 위치한 위스콘신대학의 수렵조수 관리학 교수로 봉직했다.

젊은 시절, 직업상 그는 자주 사냥을 나갔었다. 어느 날 사냥 길에서 레오폴드 일행은 골짜기의 물줄기를 타고 올라오는 늑대 무리를 발견하고서 이들을 향해 즉시 총을 쏘았다. 늑대 한 마리가 쓰러지는 것을 보고 가까이 다가가 보니 어미 늑대였다. 그는 쓰러져 누운 늑대의 눈에서 '초록의 불꽃'이 꺼져가는 것을 지켜보며 생명의 신비와 자연의 질서에 대해 홀연 어떤 깨달음에 이른다. 사그라져가는 늑대의 초록 눈을 응시하면서 그는 야생의 늑대도 인간과 마찬가지로 오랜 세월을 진화하면서 살아남은 존귀한 생명체라는 것을 절감한다. 그와 더불어 자연의 오묘한 질서에 대해서도 생각이 미쳤다. 사슴을 보호하기 위해 늑대를 죽이는 것이 능사일 수 없다는 것이 곧 두번째 깨달음이다. 개체수가 많아진 사슴들이 산기슭의 풀을 깡그리 뜯어 먹어서 산이 헐벗게 되고 이 같은 산의 황폐화로 인해 사슴들은 더 이상 먹을 것을 찾지 못해 결국 굶어죽게 되는 것이다. 인간에게 늑대는 흉포한 야생의 표상이지만 산의 입장에서 보면 그것은 산을 짓밟는 사슴의 수를 줄여주는 은인이다. 이 메시지를 감동적으로 전하는 에세이의 해당 대목을 보자.

> 가슴에서 터져 나오는 깊은 울부짖음이 벼랑에서 벼랑으로 메아리치다가 산 아래로 굴러 먼 밤의 암흑 속으로 사라진다. … 살아 있는 모든 것은 (아마 많은 죽은 자들까지도) 이 소리에 귀를 기울인다. 이것은 사슴에게는 그들 육신의 운명을 일깨우는 소리이고, 소나무에게는 한밤중의 격투와 눈 위에 남을 핏자국의 예고이고, 코요테에게는 찌꺼기 먹이가 생길 것이라는 약속이며, 소 치는 목동에게는 은행 잔

고가 빌지도 모른다는 위협이고, 사냥꾼에게는 총부리에 맞서는 어금니의 도전으로 들릴 것이다. 그러나 이런 분명하고 즉각적인 기대와 불안 뒤에 보다 깊은 의미가 잠겨 있는데, 이는 오로지 산만이 알고 있는 것이다. 오직 산만이 늑대의 포효소리를 객관적으로 들을 수 있을 만큼 오래 존재해 온 것이다.

산의 입장에서 역지사지(易地思之)로 생각을 할 수 있다면 사람들은 야밤에 계곡을 울리는 늑대의 포효 소리에 등이 오싹해지지는 않을 것이다. 그러나 인간중심주의, 그 '종이기주의(speciesism)'의 벽에 갇힌 인간은 좀처럼 산처럼 생각하지 못한다. 인간은 오로지 구명도생(救命圖生)의 자기중심적인 눈으로만 세계를 볼 뿐이다. 산처럼 삼라만상을 오랫동안 포용해온 존재만이 생태계 전체를 관류하는 보이지 않는 질서를 조망할 수 있는 것이다.

역지사지는 모든 윤리적 태도의 출발점이다. 인간과 인간 사이의 개인 윤리이든 인간과 사회를 규정하는 사회 윤리이든 낮은 자리로 내려가서 약자의 입장에서 생각할 수 있을 때 비로소 모두가 공생공존하는 조화로운 삶의 길에 들어설 수 있다. 레오폴드는 자연에 대해서 이 역지사지의 태도를 가질 것을 주문하고, 그것이 이른바 '대지윤리(land ethic)'의 첫걸음이라고 주장한다. 역지사지의 정신은 달리 말해 개체적 존재가 상호의존적인 공동체의 한 구성원이라는 자각을 바탕으로 한다. 인간은 이제 그 공동체의 범위를 동식물은 물론 공기, 물, 흙과 같은 무생물까지 포함하는 대지 전체로 확장해야 한다. 인간이 이 생태공동체의 일원이라는 자각 속에서 모두가 공생할 수 있는 궁극의 원리로 대지윤리를 발전시켜 나가지 않는다면 위기에 빠진 지구를 구할 수 없는 것이다.

진화생물학에 따르면 생명체는 본능적으로 적자생존의 경쟁을 하면서도 또한 상호 협동하는 방향으로 진화해 왔다. 이것이 윤리 발전의 세번째 국면이라고 할 수 있는 대지윤리를 인간이 지구공동체 전체로 확산시킬 수 있을 것이라고 믿는 하나의 근거이다. 그러나 모든 것을 경제적 이익의 관점에서만 바라본 오랜 관행과 미시적 전문화를 지향해온 교육제도는 최대의 걸림돌이다. 대지윤리를 말하면서도 인간은 대지를 그저 작물 생산의 수단으로만 볼 뿐, 그것이 동식물을 포함한 뭇 존재들이 에너지를 교환하는 생명의 회로요, 그 터전이라는 생각에는 좀처럼 이르지 못하고 있다. 이런 경제지상주의의 문제점을 지적하면서 레오폴드는 어떤 윤리체계라도 그것이 생명공동체의 통합과 안정은 물론 그 아름다움의 보전에 이바지하지 못한다면 결코 바른 것이라 할 수 없다고 역설한다.

산림학자로서 평생 야생지를 누비며 지냈지만 레오폴드의 교육제도에 대한 비판은 통렬하다. 그는 전문화된 분과 학문의 틀에 갇혀 있는 오늘날의 교육체제가 사물을 단선적인 한 가지 시각으로 보는 법만을 강조하고 종합적으로 보는 것을 터부시하는 문제점을 안고 있다고 지적한다.

커다란 오케스트라의 구성 악기인 식물과 동물 그리고 토양의 구조를 탐구할 의무를 지닌 사람들이 있다. 이른바 대학교수들이다. 이들은 각자 한 악기를 선택해서 분해하고, 그 현과 공명판에 대해 기술하는 데 평생을 바친다. 그 해체 과정을 탐구라 하고, 탐구의 장소를 대학이라 한다. 대학교수는 자기의 현은 튕겨도 되지만 다른 사람의 것을 건드려서는 안 된다. 그리고 자신의 음악에 귀를 기울인다고 하더라도 결코 그것을 동료나 학생들에게 허용해서는 안 된다. 왜냐하면 악기의 구조는 과학자의 영역이지만, 화음을 찾아내는 일은 시인의 영역이라고 선언하는 엄격한 금기에 모두 짓눌려 있기 때문이다.

학문의 전문화를 분해하고 해체하는 것으로, 다시 말해 신체를 절단하는 행위(dismemberment)로 비유한 데서 문제의 심각성에 대한 레오폴드의 고뇌를 엿볼 수 있다. 분과 학문의 전문성의 강조로 날로 높아지는 학문의 장벽은 결국 나무는 볼 줄 알지만 숲은 보지 못하는 '전문가 바보(idiot savants)'의 양산으로 이어진다. 과학적 탐구와 심미적 감수성의 함양이 완전히 서로 다른 일인 양 여기는 세태를 무엇보다 우려했던 레오폴드는 요즘 유행처럼 자주 거론되는 이른바 '통섭'의 중요성을 일찍부터 인식하고 있었던 셈이다. 그는 이런 문제점을 인식하는 데 머무르지 않고 그것을 넘어서려는 노력을 부단히 기울인 선각자였다. 유고집으로 출판된 『샌드 카운티 연감』의 유려한 시적 문체가 무엇보다 그 실천적 태도를 증언한다. 자연 생태계에 대한 단상과 스케치를 모아 만든 얇은 이 책이 출판된 지 60여 년이 지난 오늘날까지 생태학의 고전으로 여전히 애독되고 있는 것은 저자의 생태학적 예지 못지않게 그것을 설득력 있게 전달하는 참신한 문체의 힘 덕분이라고 말해도 결코 지나치지 않기 때문이다.

생태의식의 함양에서 윤리성과 심미성을 배제해서는 안 된다는 레오폴드의 주장은 유감스럽게도 원론적 공감 이상의 것이 되지 못하는 것이 우리의 현실이다. 예컨대 우리 학계에서 생태학은 유관 자연과학 분야의 통합적 영역으로 인식되고는 있으나 거기에 인문학도 가미되어야 한다는 시각에까지는 이르지 못하고 있다. 대학의 생태학 관련 학과의 교과과정은 자연과학 위주로 짜여 있을 뿐, 생태철학이나 생태윤리를 정식 교과목으로 포함하고 있는 곳은 거의 전무한 실정이다. 정책 당국의 환경정책 입안이나 그 실천 과정에 인문학자가 참여하는 경우도 극히 드물다. 생태와 문화는 담론의 차원에서는 종종 운위되고 있으나 실천적 현실에서는 여전히 거리가 멀다.

윤리는 철학의 문제이고 심미안은 예술과 인문학의 영역이라고만 여기는 학문 분리주의도 문제이지만, 과학적 탐구를 가치중립적인 것으로 보는 생각이 여전히 과학계를 지배하고 있는 것 또한 타개해야 할 과제이다. 근래에 연구의 진실성 문제가 사회적 이슈로 대두되었지만 그것은 타인의 연구 성과를 무단으로 도용하고 표절하는 문제에만 국한되고 있을 뿐, 연구 결과의 사회적 책임에 대해서는 별다른 관심을 기울이지 않고 있다. 그러나 레이첼 카슨이 『침묵의 봄』에서 그 남용의 가공할 실태를 고발한 DDT나 오늘날 지구촌 전체의 파멸을 초래할 수 있는 끔찍한 살상무기인 원자폭

고려대학교 박물관 제공

정선, 「청풍계」, 1739
우리의 빼어난 자연 경관은
심미안 함양의 바탕이다.

탄의 발명에 노벨상의 영예가 주어졌다는 사실을 망각해서는 안 된다. 생태와 문화가 분리될 수 없듯이 과학과 사회 또한 별개의 영역이 아니라는 점도 재삼 강조되어야 한다.

다행히도 우리의 아름다운 산하 자체가 이런 분리의 부당성을 끊임없이 환기시켜 준다. 우리의 산천 풍경은 어느 한 가지 시선만으로는 형용할 수 없는 다면성과 아름다움을 과시하기 때문이다. 가령 인왕과 북악의 빼어난 경관은 그 생태 환경 탐사의 경우에서조차도 겸제 정선의 「인왕제색도」나 「청풍계」와 같은 회화 작품을 떠올리는 것을 당연하게 만든다. 빼어난 우리의 금수강산은 이렇듯 자연과 환경의 관찰도 심미안을 바탕으로 이루어져야 함을 깨우쳐 주고 있는 것이다.

9 단풍 한 잎의 기적

교정을 거닐다 연구실로 돌아와 겉옷을 벗어 옷걸이에 거는데 옷자락에 묻어 왔는지 진홍색 단풍잎 하나가 빙그르르 바닥으로 떨어진다.

책과 복사물과 서류들이 어지럽게 널려 있던 방이 순간 바람이 살랑거리는 숲 속 공간으로 변한다. 그러자 이제까지 느껴본 적이 없는 깊은 정적감이 일순 사위를 감싼다. 짧지만 참으로 깊은 적요의 시간이었다.

학생들이 더러 꽃이나 화분을 들고 찾아오는 경우가 있지만 이 비좁은 공간이 이런 느낌에 휩싸인 것은 처음이다. 책으로 둘러싸인 서실을 고즈넉한 숲으로 변모시킨 단풍 한 잎의 기적에 내 자신도 놀랍고 의아스럽다. 단풍의 진홍빛이 바로 가을의 색깔이기 때문인 것인가. 단풍만큼 계절을 온전히 상징하는 것도 드물긴 하다. 노란 개나리나 진달래 혹은 화사한 벚꽃이 봄의 전령사라고는 하나 이들이 그 자체로 봄을 완벽하게 표상한다고 말하기는 어렵다.

그 어느 하나가 감당하기에 약동하는 봄의 생기는 차고 넘친다. 그러나 단풍은 만산홍엽(滿山紅葉) 그 자체가 아니던가.

일본 와비 다도의 완성자 센노 리큐(千利休)의 일화 한 토막도 떠오른다. 그가 키우는 나팔꽃이 아름답다는 소문을 듣고 천하의 권력자 도요토미 히데요시가 그것을 보고 싶어 그의 집을 찾았다. 리큐는 뜰에 핀 나팔꽃을 모두 잘라버리고 한 첩 반 좁은 다실의 장식단에 단 한 송이의 나팔꽃만을 꽂아 놓았다. 기대감으로 문간에 들어선 히데요시는 뜰에 나팔꽃이 사라진 것을 보고 실망했으나 다실에 안내되어 들어선 순간 거기 정갈하게 꽂혀 있는 한 송이의 꽃에 집약되어 있는 나팔꽃의 강렬한 아름다움에 매료되고 말았다.

이런 상념들이 머리를 스치는 가운데 나는 여러 갈래로 갈라진 붉은 단풍잎을 그저 물끄러미 바라보고 있었다. 그것이 몰고 온 경이에 꼼짝할 수가 없었기 때문이다. 그렇게 단풍잎을 응시하다가 문득 창문의 블라인드가 내려져 있다는 데 생각이 미쳤다. 블라인드를 걷어 올리자 창문을 통해 가을 햇살이 쏟아져 들어왔다.

그 순간이다. 단풍이 몰고 왔던 엑스터시(ecstasy)가 사라져버린 것은.

10 은행나무 유감

한때 내게 가을의 전령사는 노랗게 물들어가는 은행나무였다.

은행나무가 또 수난을 당할 것 같다. 최근의 보도에 따르면 서울시는 열매 때문에 가을에 악취를 풍기는 도로변의 은행나무를 베어내고 다른 수종을 심을 계획이라고 한다. 서울 시내에 가로수로 심은 은행나무만 11만 그루이고 전국적으로는 100만 그루에 이른단다. 수종의 수가 벚나무에 이어 두번째이다. 멀쩡한 보도블록을 해마다 교체하는 발상에서 비롯된 것이 아니길 바랄 뿐이다.

내가 어린 시절을 보낸 시골 고향 집의 뒤란 텃밭에는 우람한 은행나무 한 그루가 서 있었다. 은행나무는 꽤 널따란 텃밭 중앙 근처의 자그만 언덕배기를 점령하고 있었다. 은행나무는 오래된 고목으로 볼품은 없었다. 그러나 은행나무는 담장을 따라 심겨 있는 자두나무, 살구나무, 감나무, 배나무, 앵두나무 그리고 앞터의 뽕

나무들을 거느리고서 하늘 높이 솟구쳐 있었다. 고향 집은 솟을대문에 별채와 널따란 내정 그리고 우물을 갖춘 커다란 기와집이었다. 몸통이 군데군데 패이고 중간 가지가 더러 부러진 그 은행나무는 물리적 형상으로만이 아니라 가세가 기울면서 건사하기조차 버거워져 퇴락일로에 있던 우리 집의 표상이자 랜드마크였다. 경제적 어려움이 가중되자 할아버지는 그 집의 목재에 탐을 낸 자들의 유혹을 물리치지 못하고서 끝내 기와집을 헐어내 대들보를 비롯한 골조 목재를 내어주고 그 돈으로 그 자리에 작은 초가를 지었다. 몇 년 후에는 그마저 정리하고 고향을 떠나야 했지만 아무튼 내 유년의 뜰을 채우고 있던 그 은행나무는 고향 집의 이미지로 오랫동안 내 뇌리에 남아 있었다.

전셋집으로 시작된 서울 생활은 이곳저곳을 전전하는 고달픈 것이었다. 이사에 이력이 날 무렵 새로 조성된 도시의 외곽 지역에 어렵사리 집 한 칸을 마련할 수 있었다. 나는 곧 손바닥만 한 집터에 은행나무 한 그루를 심었다. 오전에 잠깐 볕이 들고 온종일 그늘이 지는 좁은 앞마당 귀퉁이에 심었지만 은행나무는 무럭무럭 자라 주었다. 빗자루 굵기의 작은 몸체는 어느새 어른 팔뚝처럼 굵어졌고 얼마 후에는 아들의 머리통만 하게 자랐다. 1층 처마를 넘지 못했던 수고도 건너편 집 앞마당의 꽤 오래된 향나무를 추월하여 어느덧 지붕 높이를 훌쩍 넘어설 정도가 되었다. 시멘트 건물들 일색으로 나무가 별로 없었던 인근에서 우리 집 은행나무는 제법 눈에 띄는 큰 나무가 되어가고 있었다. 가을에 노랗게 물든 은행나무가 햇살을 받아 반짝거리면 문득 옛 고향 집의 아련한 영상이 떠오르고 내 마음은 그것을 좇아 답답한 도시를 벗어나서 그야말로 '푸르고 푸르며 비고 또 빈(蒼蒼空復空)' 고향 하늘과 그 아래 펼쳐진 들녘을 내달리곤 했다.

사단은 은행나무 낙엽이었다. 늦가을이 되면 은행나무는 집 주위에 노란 낙엽을 수북이 떨구었고 바람이 불면 떨어진 은행잎이 골목길을 휩쓸었다. 어느 때부턴가 앞집에 사는 은퇴한 초등학교 교장선생님의 사모님이 은행나무에 대해 이런저런 불평을 쏟아내기 시작했다. 집 앞길에 뒹구는 은행잎을 쓸어내는 일이 만만치 않다는 것, 무시로 떨어지는 낙엽으로 인해 자기네 뒤뜰이 지저분하기 짝이 없다는 것, 무엇보다도 떨어진 은행잎이 지붕의 물받이 홈통을 막아버려 비만 오면 물받이 밖으로 빗물이 넘친다는 것이 그 불만의 주요 골자였다. 불평이 담 너머로 건너올 때마다 나는 미안하다고 연신 고개를 수그리고 곧바로 달려 나가 앞집 대문에 이르기까지 낙엽을 더욱 열심히 쓸어 담곤 했다. 그렇게 앞집의 불평을 입막음하며 두서너 해를 보냈다.

그러던 어느 해 봄, 우리 집과 앞집을 경계 짓는 앞집의 뒤뜰 담장에 균열이 생겼다. 교장선생님 사모님은 별렀다는 듯이 즉시 집으로 찾아와서 담 밑을 파고드는 은행나무 뿌리 때문에 균열이 생긴 것이라면서 은행나무를 베어달라고 요구했다. 이미 자랄 만큼 자란 나무를 잘라내라는 이 생떼 같은 요구에 우리는 할 말을 잃었다. 나는 밖으로 달려 나가 은행나무를 세심히 살펴보았다. 밑둥치로부터 제법 굵은 뿌리가 사방으로 내뻗친 모습이 은행나무가 범인이라는 앞집의 주장을 터무니없다고만 말할 수

가을의 도시 거리를 아름답게 수놓는 은행나무
그러나 은행 열매 냄새 때문에 수난을 당하고 있다.

도 없는 처지였다. 우리는 앞집의 요구에 속앓이를 하면서도 뾰족한 대책을 찾을 수 없었다. 차일피일 시간이 흐르면서 앞집의 성화는 더욱 거세졌고 담벼락을 사이에 두고 두 집 사이의 긴장의 파고도 더욱 높아졌다. 견디다 못해 어머니가 먼저 나무를 베자고 제안을 하셨다. 달리 방도가 없었다. 우리는 결국 동사무소에 벌목 신고를 하고 정든 은행나무를 베어낼 수밖에 없었다. 나무를 베기로 예정된 날 아침, 은행나무는 벌목꾼의 전기톱에 채 5분도 안 돼서 밑둥치가 잘리면서 무너져 내렸다. 우리 집에 와서 햇수로 만 14년을 자란 은행나무는 결국 그렇게 저 세상으로 가고 말았다.

은행나무가 사라진 자리에는 삭막한 시멘트벽만 횅댕그렁하게 남았다. 꽉 막힌 벽이 주는 그 삭연한 공허감이 서울에 발붙이고 살기 위해 발버둥친 내 삶의 현주소라고 생각하니 참담했다. 아침저녁으로 앞마당에 남아 있는 은행나무의 그루터기를 마주쳐야 하는 것도 괴로운 일이었다. 은행나무를 지켜내지 못한 내 자신이 한없이 부끄럽고 한심하다는 생각이 들었다. 시간이 흘러도 허전한 마음과 죄책감은 가시지 않았다. 어렵사리 마련한 집에 대한 애착심도 사라져버렸고 더불어 그 동네가 싫어지기 시작했다. 2년 뒤, 한 해 동안 미국으로 연구년을 나가는 계제에 나는 결국 그 집을 팔아버리고 말았다. 연구년을 마치고 귀국하자 또 다른 시련이 기다리고 있었다. 그 사이 집값이 폭등하여 은행에 넣어두었던 집 판 돈으로는 우리 식구가 들어가 살만한 집을 도저히 마련할 수가 없었다. 우리는 다시금 전셋집 신세로 돌아가지 않을 수 없었다. 그 후로 예수를 조롱한 죄 값으로 죽을 때까지 떠돌이 생활을 해야 했던 '방랑하는 유태인'처럼 우리는 전셋집을 전전하고 있다. 은행나무를 지켜내지 못한 데 대한 하늘의 꾸지람이요, 자연의 징벌인 셈이다.

© 이승겸

제 3 부

심미안 속의 풍경

1 바람의 제국

김영갑의 사진

나무였다 바람은 무수한 나무였다
생명은 소용돌이였다 소용돌이는 우주였다
—백무산, 「바람은 한 그루 나무」

바람은 자신의 자태를 홀로 드러내지 않는다. 바람은 산간의 억새를 스치고, 삼나무를 휘감고, 푸른 파도와 마주칠 때 비로소 자신의 모습을 드러낸다. 바람은 스스로 현신하지 않지만 막강한 힘을 내면에 숨기고 있다. 바람은 숨어 있다가도 어느새 힘찬 함성을 내지르며 노란 유채꽃 핀 들판을, 푸른 초원을, 오름을, 바다를 내달린다. 2005년, 48세의 아까운 나이로 생을 마감한 제주의 사진작가 김영갑의 사진은 근본적으로 이 변화무쌍한 바람의 제국에 대한 탐험이자 답사 보고이다.

김영갑에게 제주도는 무엇보다 바람의 세계이다. 그는 무시로 부는 제주의 바람을 통해서 자연을 새롭게 만난다. 한라산을 지쳐 오르는 바람 속에서 중산간 지역을 점점이 수놓고 있는 풀과 꽃과 나무는 생명의 기운으로 약동하고, 해안가를 훑고 지나가는 마파람을 맞받으며 검은 갯바위와 파도는 파동치며 서로 어우러진다. 바람은 이렇게 뭇 존재자를 생명의 존재로 혹은 약동하는 실체로 만들어주는 생기의 에너지이다. 바람이 찾아주지 않을 때 뭇 존재는 정태와 무위 속에서 풀이 죽고 활력을 잃는다. 바람은 존재하는 것들을 스치면서 그것들에게 변모하는 형태를 부여하고, 생명의 리듬을 일깨우며, 더불어 그들이 서로 소통하고 반향할 수 있도록 다리를 놓아준다. 사진작가 김영갑에게 바람은 제주의 감추어진 아름다움을 드러내는 촉매, 아니 살아 숨 쉬는 대지의 정령을 일깨우는 영매이다. 요컨대 바람은 김영갑에게 섬나라 제주도를 지상의 유일무이한 장소로 만드는 으뜸가는 원천이다. 그리하여 우리의 사진가는 이렇게 적고 있다. "바람을 이해하지 않고서는 제주도의 정체성을, 섬사람들의 생명력을, 비바람에 시달리며 꽃을 피우고 열매를 맺는 들판의 나무와 풀을 알 수 없다."

바람의 섬 제주도에 대한 김영갑의 매혹은 숙명적인 것이다. 그의 사진 예술은 제주의 자연과의 만남에서 비로소 시작된다. 모든 참다운 예술은 오브제와의 만남을 전제로 한다. 이 만남의 형상화가 곧 예술이다. 만남이 없는 '예술'은 단순한 '기술'일 뿐이다. 강조하거니와 만남의 스파크가 먼저인 것이다. 그렇지 않으면 아무리 그럴듯한 형상화라도 결국 껍데기의 묘사에 머물러 있을 뿐이다. 제주도의 풍광을 찍기 위해 몰려드는 수많은 사진가들과 김영갑이 갈라지는 지점도 이 만남의 유무이다. 그는 20대 후반의 젊은 나이에 제주도에 건너온 이래 말할 수 없는 궁핍과 절대 고독 속에서 제주의 산야를 수십 수년 헤매었고 이 외로운 여정 가운데에서 제주 자연의 고유한 아름다움을 눈으로 보고 마음으로 느끼는 강렬한 체험을 한다.

김영갑 사진 속의 자연은 인간 삶의 배경으로 물러나 있는 그것이 아니다. 그것은 인간에게 유용한가의 여부와 상관없이 그 자체로 존재 의의를 지니는 즉자적 존재자들이 어우러진 공간이다. 그의 자연은 인간의 손길, 문명의 흔적에서 벗어난 시원적 자연의 모습이다. 그리하여 그가 보여주는 제주 풍경은 평범하면서도 장엄하고, 일상적이면서도 독특한 자연미로 빛난다. 거기에는 자연의 특이한 아름다움이 있고, 고요함이 있고, 평화가 있다. 그의 풍경에는 인간사와 무관하게 지속되어 온 존재의 모습—생명의 영원성이 깃들어 있다. 그는 그것을 "말할 수 없으나 느낄 수 있고, 보이지 않으나 느낄 수 있는, 사람을 황홀하게 하는 신비로움"이라고 표현하기도 한다. 김영갑은 이런 자연의 모습을 그가 꽤 오랜 시간 거주하며 탐구한 제주도의 중산간 지역의 산야에서, 특히 이 지역에 산재해 있는 수많은 오름들, 그중에서도 특별히 다랑쉬와 용눈이 오름을 찍은 사진을 통해서 보여 준다.

그렇기 때문에 바람은 그의 사진이 지향하고자 하는 바의 메타포이기도 하다. 바람은 실체적으로는 무(無)요 공(空)이다. 바람은 보이지 않고 손에 잡히지도 않는다. 그러나 바람은 어디에나 편재한다. 바람은 부재하는 현존이다. 이렇듯 김영갑에게 바람은 보이지 않으나 현존하는, 그러나 많은 사람들이 지나쳐버리는, 자연의 근원적 아름다움과 황홀경의 대명사이자 그것을 일깨우고 자극하는 전령사이다. 그는 프레임 속에 앉혀 있는 자신의 사진들이 고착된 이미지의 미라로 남지 않고 이런 바람의 역할을 해주길 기대한다.

하이데거는 일찍이 근대 세계를 '세계상(世界像)의 시대'로 규

김영갑갤러리 두모악 제공

김영갑의 사진은 바람의 제국에 대한 탐사이다.

김영갑의 사진은 자연의 신비를 전해주면서도 부드럽고 따뜻한 기운이 감돈다.

정지은 바 있다. 인간이 세계 인식의 주체로 군림하기 시작하면서 사물 존재는 그 고유성을 상실하고 인간적 표상물로, 곧 인간이 투사한 이미지로 인식되게 되었다는 것이다. 이렇게 모든 것이 상(像)으로 파악되고 생각되는 세계에서 사물은 그 본래성과 단절된 채 물상화된 오브제로 전락한다. 특히 대량 소비 사회 체제로 진입하면서 세계는 상으로 덧칠된 모습으로 반복되어 인식된다. 세계는 그리하여 다양한 모습을 상실하고 인간의 이념과 욕망의 동일체로 획일화된다. 자연 풍경도 예외가 아니다. 풍경은 기실 역사적으로 자연이 살아 있는 존재로서 삶의 현실에 참여하지 못하고 파편화

김영갑갤러리 두모악 제공

되어 인간사를 위한 배경으로 물러난 양태에 다름 아니다. 서양 풍경화가 근대에 들어서서 자연이 인간의 손길에 순치되어 삶의 배경으로 미화되기 시작하면서 등장하였다는 사실에서도 그 점을 유추해볼 수 있다.

자연의 본래적 모습을 사진적 이미지로 포착하여 그것을 사람들에게 되돌려주고자 하는 김영갑의 사진은 그러므로 문화사적으로는 세계를 정형화된 상으로 파악해온 근대적 관행에 대한 저항의 일환으로 이해할 수 있다. 그는 우리에게 이미 친숙해진 제주의 주변 풍경들을 사진공학적으로 더욱 세련시켜 사람들의 눈을 즐겁게 하고자 하지 않았다. 그는 이른바 촬영 포인트에서 찍힌 아름다운 풍경을 제주도의 진면목으로 내세우는 것을 거부한다. 그는 오히려 이제까지 아무도 눈여겨보지 않았던 평범한 장소로 시선을 돌렸다. 그러면서 그는 그 평범하고 일상적인 자연을 '영원한 상 아래에서' 포착하고자 애썼다. 그는 계절에 따라, 시각에 따라, 각도에 따라, 혹은 기상조건에 따라 시시각각으로 달라지는 중산간 풍경을 응시하면서 "삽시간의 황홀경"을 맛본다. 그는 그 순간 자연의 참모습, 곧 자연의 근원적 질서가 드러났다고 생각하고, 그것을 포착하여 사진으로 증언하고자 한다. 그는 이렇게 말한다.

> 시인들은 일상의 평범한 언어로 시를 창작한다. 시인들은 평범한 주변의 이야기들을 아주 쉬운 언어로 새롭게 승화시킨다. 시인들이 일상에서 느낄 수 없는 새로움을 표현하듯, 나도 눈에 익숙해진 평범한 풍경 속에서 보통 사람들이 느낄 수 없는 무엇인가를 표현하려고 오랜 시간 기다리며 사진을 찍는다.

김영갑이 렌즈를 통해 담고자 하는 풍경은, 시인 최하림의 표현을 빌려, '풍경 뒤의 풍경'이라고 말할 수 있다. 오랜 기다림 속에서 문득 도래하는 그 풍경은 눈에 곧바로 비치는 것이라기보다는 오히려 어떤 분위기 혹은 기분(Stimmung)에 가까운 것이고, 달리 말해 하이데거가 중세 기독교 전통에서 차용해 말하는 심성(Gemüt)이라고 부를 수 있는 어떤 것이다. 그의 사진에 재현된 이런 정경들은 그 자체로 자연 속의 독특한 일회적 사건이면서 동시에 무한의 세계로 열려 있다는 느낌을 준다. 그의 풍경은 거의 언제나 더 넓은 자연의 정경을 암시한다. 그의 사진을 허다한 판박이 풍경사진과 변별시키는 이 내적 깊이, 다시 말해 무한경으로의 열림은 공간적이면서 동시에 시간적이다. 그의 사진은 하나의 풍경이면서, 동시에 자연의 광활한 질서를 환기시킬 뿐만 아니라 영원성의 아우라에 감싸여 있다.

김영갑의 사진 인식은 주로 장방형의 파노라마 프레임을 통해 이루어진다. 중산간 오름의 독특한 형상은 물론 한라산의 전경, 광막한 바다, 혹은 군집을 이룬 억새와 풀 등이 그의 광각 앵글의 주된 대상이다. 넓은 파노라마적 풍경의 선호는 자연의 전체상에 다가서고자 하는 의도의 소산으로 보인다. 감각의 차원에서 그것은 시각의 배타성을 넘어서려는 노력으로도 표출된다. 가령 회화에서 임파스토 기법은 시각적 형상과 더불어 오브제의 질감과 조소성을 환기시키고자 하는 의도로 종종 선택된다. 마찬가지로 김영갑에게 있어서 결정적 순간은 시각과 함께 여타 감각들이 총체적으로 환기되는 정경의 기다림과 그 포착에서 얻어진다. 예컨대 그의 사진 속에 재현된 바람에 나부끼는 억새의 풍경은 시각적이면서 또한 바람소리, 피부를 스치고 지나가는 바람의 기세, 그리고 서늘한 촉각적 느낌을 강렬하게 환기시킨다.

따라서 김영갑 또한 현대의 많은 사진작가들이 그렇듯이 자연을 재현하는 매체로서 카메라의 근본적 한계에 저항한다. 주지하듯 카메라는 사물을 재현하면서 3차원적인 사물을 2차원의 이미

용눈이 오름
김영갑은 중산간 지역에 산재해 있는 오름들에서 자연의 본모습을 찾고자 했다.

지로 압축한다. 그러므로 사진은 사실적이면서도 이미 언제나 추상적이고 주관적이다. 카메라는 또한 주변을 입체적으로 동시에 보는 사람의 눈과 달리 그것을 고정된 프레임 속에 가둔다. 앤설 애덤스(Ansel Adams)를 비롯한 f/64 그룹의 사진작가들이 조리개 구경을 최소화하여 피사체의 심도를 극대화하고자 한 것도 카메라의 이런 한계를 극복하고자 하는 노력의 일환이었다. 김영갑의 파노라마 사진 또한 재현 매체의 기술적 한계를 뛰어넘어 사물을 프레임 너머로 해방시키고 대상의 현장성, 곧 그 입체감과 그것이 불러일으키는 모든 감각적 감흥을 전달하고자 한다. 이런 공감각적

김영갑갤러리 두모악 제공

감성의 추구는 그의 사진을 시간의 질서로부터 해방된 세계라는 인상을 주는 요인으로 작용하기도 한다.

김영갑의 사진은 자연의 신비를 전해주면서도 부드럽고 따뜻한 기운이 감돈다. 거기에서 휴머니스트로서의 그의 면모 또한 엿볼 수 있다. 그는 제주 토박이인 사람들과 더불어 생활하면서 사람의 풍모는 곧 지형, 풍토, 기후가 빚어내는 것이라는 인식에 도달한다. 그는 자연과 하나 된 삶을 살아온 제주 토박이들, 특히 해녀와 중산간 목동과 농부들의 애환 서린 눈으로 자연을 보고 느끼고자 했다.

김영갑은 제주에 정착한 1985년 이래 오로지 사진만을 찍으며

김영갑갤러리 두모악 제공

김영갑의 사진은 즉자적 존재들이 어우러진 공간이다.

이십 년의 세월을 보냈다. 사진만을 일념으로 생각하며 걸어온 길은 그러나 지독한 가난과 외로움 그리고 소외감과 싸워야 하는 힘든 행로였다. 그가 소유하고 있던 카메라 두 대 중 그나마 쓸 만한 새 것은 전당포에 가 있기 일쑤였다. 필름이 떨어지면 그것을 맡기고 돈을 얻어 필름을 샀기 때문이다. 사진을 찍다가 삼각대가 바람에 날려 쓰러지는 바람에 전당포용 카메라가 망가져서 필름 살 돈을 구할 수 없게 되자, 그는 험한 막노동판에 뛰어들기도 했다. 이런 구도자와 같은 삶의 뒤 끝에 그는 루게릭병이라는 불치의 병에 걸렸고, 죽음을 예감하면서 쓰러져 가는 시골의 작은 학교 건물을 제주 풍정을 물씬 풍기는 사진 갤러리로 만드는 데 혼신의 힘을 기울였다.

제주 사람들은 한 외지인 사진작가의 구도자적 삶 덕분에 그들이 물려받은 상처투성이의 고향 산하를, 그 아름다움을 새롭게 볼 수 있게 되었다. 뿐만 아니라 이 새로운 눈은 자연의 신비와 생명의 외경감을 일깨움으로써 그 밖의 다른 모든 사람들에게 자연 사랑의 소중함을 재확인시켜 주었다. 김영갑이 사경 속에서 일구어낸 두모악 갤러리는 규모로는 보잘것없는 사진 전시실에 불과할지 모르지만 이 점만으로도 세계의 어디에 내어 놓아도 손색이 없는 일류 예술 공간이라고 말할 수 있을 것이다.

2 마음의 눈

밀레이의 「눈먼 소녀」

영국 라파엘전파의 화집을 뒤적이다 눈먼 소녀를 화제로 삼은 밀레이(John Everett Millais, 1829~1896)의 그림에 이르러 손이 멈춰졌다. 어떤 감흥이 내 시선을 붙든 것이다. 그림이 재현하고 있는 19세기 중엽 스코틀랜드의 시골 풍경은 낯선 것이어야 마땅하다. 그럼에도 그림의 이미지는 묘한 여운으로 내 마음속을 메아리친다. 낯설면서도 친근한 이 느낌의 실체는 무엇일까?

두 자매는 거리를 떠돌며 손풍금 연주로 푼돈을 구걸해서 하루하루를 힘겹게 연명해 왔을 것이다. 이들의 고달픈 삶은 웨섹스의 황야를 배경으로 숙명적인 삶을 살아가는 토마스 하디 소설 속의 인물들을 연상시킨다. 혹은 윌리엄 워즈워스가 한적한 시골길에서 마주치곤 했던 빈한한 유랑자들을 떠올리게도 한다. 워즈워스의 「폐가」("The Ruined Cottage")라는 시에는 피폐해진 농촌 생활에 견디다 못해 군에 입대해버린 남편을 찾아 헤매다가 지쳐서 죽은 여인의 이야기가 들어 있다. 이렇게 실의와 비탄에 빠진 삶을

존 밀레이, 「눈먼 소녀」, 1856

살다가 세상을 등진 여인이 남긴 아이들이 있다면 바로 이 두 자매와 같은 모습일 것이라는 생각이 머리를 스친다.

그런가 하면 내 어릴 적 기억 속의 한 정경도 떠오른다. 저녁 무렵이면 보리밭 사이의 황톳길을 배낭을 등에 걸치고 언제나 혼자서 터벅터벅 걸어가던 한 남자가 있었다. 그가 읍내 쪽 철길 너머로 모습을 나타내면 동네 아이들은 길에서 놀다가도 보리밭 너머의 작은 언덕으로 도망쳐 그곳에서 몸을 숨기고 그가 지나가는 모습을 훔쳐보곤 했다. 아이들은 그가 산 너머 외딴 오두막집에 사는 문둥이고 문둥이들은 병을 고치기 위해서 아이들을 붙잡아 산 속으로 데리고 가서 간을 꺼내 먹는다고 수군거리곤 했다. 아이들의 수군거림에 상관없이 그는 묵묵히 걸음을 옮길 뿐이었다. 육이오 전쟁이 끝나고 경제개발이 본격화하기 전까지 시골의 소읍 길거리에서는 구걸로 연명해가는 사람들의 모습을 흔히 볼 수 있었다. 이후 이런 사람들은 차츰 자취를 감추었지만 도회지 생활의 막간에서 떠나온 고향을 생각할 때마다 사람의 시선을 피한 채 고개를 떨구고 길바닥만 바라보고 걸어가던 이 사내의 고독한 모습이 이따금씩 머리에 떠오르곤 했었다.

이런 심상들은 필시 두 자매의 남루한 입성과 특히 눈먼 언니의 목에 걸린 "눈먼 자에게 동정을"이라는 글귀 때문에 자극된 것이리라. 하지만 두 소녀의 얼굴은 맑고 행복해 보인다. 삶의 고달픔과 어둠의 그림자는 찾아볼 수 없다. 눈먼 언니는 따뜻한 햇살을 얼굴 가득 받고 있다. 동생은 언니와 함께 걸친 숄을 들치고 고개를 돌려 비가 그친 뒤 하늘에 솟구친 찬란한 쌍무지개를 보고 있다. 두 자매가 앉아 있는 길섶의 둔덕 뒤로는 노란 초원이 펼쳐 있고 그 위에 말과 소들이 한가로이 풀을 뜯고 있고 보다 가까이에는 새들이 내려앉아 있다. 동생은 언니에게 아마 하늘에 아름다운 쌍무지개가 떴다고 탄성을 질렀을 것이다. 언니는 그 말을 듣고 지긋이 머리를 들어 동생을 들뜨게 한 그 정경을 그려보고 있는 듯하다. 그녀는 동생이 올려다보고 있는 쌍무지개는 볼 수 없지만 그 화사한 정경을 머릿속으로 그리며 사방에서 들려오는 자연의 소리에 흠뻑 취해 있는 것 같다. 그들의 마음을 따뜻하게 어루만져주는 햇살과 포근한 자연을 온몸으로 느껴 볼 양으로 언니는 붙잡고 있던 손풍금을 잠시 놓고 한쪽 손으로 길섶의 풀을 움켜쥐어 본다. 자연의 품에 안겨 그 평화로움에 취한 두 소녀에게 이 순간만은 힘겨운 가난도, 불구의 몸도 한낱 남루에 지나지 않는다. 이들은 자연과 하나가 되어 행복한 것이다.

눈먼 소녀는 이 순간 비록 눈으로 보지는 못하지만 옆에 핀 아름다운 꽃의 향기와 풀내음에 취하고, 지저귀는 새소리와 풀밭을 스치는 바람소리를 듣고, 손끝으로 전해지는 풀의 감촉을 통해서 그 누구보다도 핍진하게 자연을 인식하고 있는 것이리라. 필시 길거리에서 손풍금을 연주할 때 이따금씩 맛보던 감미로운 화음의 물결을 그녀는 지금 들녘의 길섶에 앉아 잠시 쉬면서 온몸으로 느끼고 있는지 모른다. 그녀의 영혼을 울리는 자연과의 일체감은 그녀의 옷깃에 내려앉아 있는 나비를 통해서도 표현되고 있다. 나비는 자연의 일부이면서 또한 전통적으로 인간의 영혼을 상징하기 때문이다.

화가는 세상사의 고달픔으로부터 두 자매를 잠시 초탈케 해준 자연과 합치된 지복의 느낌을 색채의 절묘한 조화로 표현하고 있다. 멀리 먹구름이 잔뜩 끼어 있는 원경의 어두컴컴한 하늘에 이어 널따란 중경을 이루는 풀밭은 따뜻한 노란색 물감으로 칠해져 있다. 거기에 감싸인 두 자매의 머릿결은 같은 계열의 금색이고 눈먼 소녀가 입고 있는 치마도 그 변주인 오렌지색이고 자매가 함께 걸친 숄 또한 짙은 광택이긴 하지만 비슷한 색조이다. 색채의 조화는 두 자매를 잠시 탈속의 삼매경으로 이끈 영혼과 자연의 조화에 상응하고 그것은 또한 그들이 생계를 의탁하고 있는 손풍금이 들려주는 음악의 아름다운 화음을 상기시킨다. 두 자매는 떨어질세라 서로 몸을 기대고 손깍지를 끼고 있다. 그러기에 동생이 입고 있는 옷의 어두운 색조와 언니의 밝은 색조도 대립이 아니라 조화로운 느낌을 주고, 더 나아가 동생의 옷차림과 비슷한 색조인 하늘의 먹구름과 노란 들녘의 대조도 처음의 느낌과 달리 대자연이 시현하는 보다 큰 조화의 일부로 다가온다. 이 조화는 놀랍게도 눈먼 소녀의 무릎에 놓여 있는 손풍금을 채색하고 있는 두 색조의 미묘한 배합으로 수렴되고 있다.

라파엘전파의 이론적 대부였던 존 러스킨은 화가들에게 자연에 충실하라고 요구했다. 러스킨은 1843년에 출판된 『현대의 화가들』 1권에서 이렇게 썼다.

> 젊은 화가들은 대가들을 흉내 내서는 안 된다. 그들의 임무는 선택하는 것도, 구성하는 것도, 상상하고 실험하는 것도 아니다. 단지 겸허하고 진지하게 자연의 질서를 따르고 신의

손길을 더듬어 가는 것이다. 그들은 오직 한마음으로 자연으로 돌아가 성실히, 진심으로 자연을 따라야 한다. 다른 생각들은 떨쳐버리고 오로지 어떻게 하면 자연의 의미를 잘 파악할 수 있을 것인지를 생각하며 자연이 주는 교훈을 기억하기 위해 힘써야 한다. 그 어떤 것도 부정하지 말며, 아무것도 선택하지 말며, 그 어떤 것도 소홀히 여기지 말며 … 언제나 진실 속에서 기뻐하라.

밀레이를 비롯한 라파엘전파의 화가들은 초창기에는 러스킨의 이 충고에 충실하여 극사실주의를 지향했다. 러스킨의 추종자들은 자연의 물상을 선택하지 않고 보이는 그대로 세밀하게 그려내고자 노력했다. 그러나 화가들은 이내 러스킨 식 사진적 사실주의 기법만으로는 자연의 진면목을 재현할 수 없다는 것을 깨달았다. 자연 앞에 세워둔 거울에 비친 듯한 그림으로는 결코 자연의 참모습을 포착할 수 없다는 인식과 함께 마음의 관찰이 병행되기에 이르고 그와 더불어 그들의 그림은 메마른 묘사의 세계에서 벗어나 내면의 깊이를 갖게 되었다.

1856년 로열 아카데미에 출품된 밀레이의 이 그림도 이런 자각의 소산이다. 두 자매가 입은 치마의 헤지고 꿰맨 자국에 대한 세밀한 묘사나 그들이 앉아 있는 주변의 풀들과 지형에 대한 꼼꼼한 소묘에는 라파엘전파의 특징적인 극사실주의 경향이 드러나 있다. 그러나 시선이 중경을 거쳐 원경으로 가면서 대상의 사실성은 희박해지고 그 대신 색채의 조화와 형태적 배치가 보다 중요한 화면

구성의 원리가 된다. 말하자면 오브제의 외형에 충실한 물화(物畵)에서 출발하여 마음의 눈으로 관찰하는 심화(心畵)의 경지로 바뀌는 것이다.

하여 밀레이는 이 그림에서 자연을 어떻게 관찰하여야 할 것인지를 묻고 있는 것 같기도 하다. 눈먼 소녀는 그녀의 동생처럼 자연의 디테일을 보지는 못한다. 그녀는 아름다운 꽃도, 노란 풀도, 쌍무지개와 같은 장엄한 자연의 장관도 물론 볼 수 없다. 그러나 쌍무지개를 보는 동생의 시각이 한 가지 대상에 고착된 부분적이고 일시적인 것이라면 이 모두를 동시에 감각적으로 느끼는 그녀의 마음의 눈은 총체적이며 영속적이라고 말할 수 있다. 그리하여 그녀는 자연에 충실하기 위해서는 사물을 직접적으로 관찰하는 감각적인 눈 못지않게 사물을 유기적으로 종합할 수 있는 마음의 눈이 필요하다는 것을 알려준다.

우리의 개별적인 시선은 삶의 일희일비에 흔들린다. 그러나 세계를 전체적으로 보는 마음의 눈은 그 너머의 질서를 가늠한다. 힌두교의 삼주신 가운데 하나인 시바 신은 외부의 사물을 파괴하는 신이면서 제3의 눈이 있다. 이 눈은 내면을 응시하는 눈이다. 역설적이지만 우리는 대상으로부터 감각의 눈을 거두어들일 때 오히려 그 전체 모습에 더 가까이 다가갈 수 있는지도 모른다. 베토벤의 음악은 청각을 상실한 후 오히려 더 현묘해졌다. 이는 감각적 이미지가 범람하는 오늘의 사회에서 더욱 절감되는 역설이다. 밀레이의 「눈먼 소녀」가 우리에게 여전히 호소력을 갖는 이유도 이와 무관하지 않을 것이다.

3 종달새인가, 자고새인가

일본의 수필가 쓰루가야 신이치(鶴ヶ谷真一)가 쓴 『책을 읽고 양을 잃다』를 읽다가 놀랐던 기억이 새롭다. 근대 일본의 문호 나쓰메 소세키가 논에 심어 놓은 모를 보고 그것이 나중에 벼가 되어 쌀로 결실된다는 것을 몰랐고, 『금각사』로 유명한 소설가 미시마 유키오 또한 소나무가 어떤 나무인지 몰랐다는 구절 때문이었다. 저자도 이런 문학의 대가들이 누구나 알 법한 일상적 식물에 대해 모르고 있었다는 사실이 믿기지 않는다고 적고 있다. 그러나 다시 생각해보면 그것을 기막힌 예외로 치부할 일만도 아니다. 신이치 자신도 일본 사람들이 정월 이렛날에 전통적으로 차려서 먹는 일곱 가지 봄나물, 곧 미나리, 광대나물, 떡쑥, 냉이, 별꽃, 순무, 무 등을 입으로는 줄줄 말하지만 실제로 어떤 식물인지는 모른다고 고백하고 있지 않은가.

우리의 사정도 별반 다를 게 없을 것 같다. 우리의 젊은이들 중 정월 대보름에 즐겨 먹는 나물의 실체를 제대로 동정(同定)할 수 있는 사람이 몇이나 되겠는가. 아스팔트 도로와 콘크리트 벽으로 둘러싸인 도시환경 속에서 살다 보니 오늘날 대부분의 사람들은 주변의 흔한 초목이나 꽃에 대해서 아는 게 거의 없다고 해도 과언이 아니다. 자연에 대한 이 같은 무지는 우리가 당면하고 있는 환경 위기의 징후이면서 또한 원인이기도 하다. 잇단 우려와 경고에도 불구하고 끊임없이 자행되고 있는 자연의 훼손과 파괴는 이렇게 일상화된 생태맹 현상과 무관하지 않다. 잘 알지 못하는 대상에 대해 관심을 갖고 애정을 기울이긴 어렵기 때문이다.

자연 파괴는 환경 위기의 초래로 그치지 않는다. 환경심리학자들은 자연과 멀어진 도시 아이들이 시골 아이들에 비해 행동장애, 불안, 우울증 등 정신 질환의 수치가 현저히 높다는 점을 지적하고 있다. 무자비한 폭력, 납치, 강간, 존속 살해와 같은 중범죄가 날로 증가하는 것도 자연과의 접촉이 차단된 나머지 심성이 강퍅해지고 생명을 경시하는 풍조가 만연하고 있기 때문이라고도 한다. 예외가 있겠지만 가령 포장된 도로의 틈 사이 길섶에 핀 노란 민들레 한 송이를 보고서 그 고운 빛깔에 찬탄하고 섬약한 꽃대가 눈먼 발이나 자동차 바퀴에 짓밟히지 않을까 염려하는 사람이 이런 흉악한 행동을 할 것 같지는 않다. 민들레도 그렇지만 흔하디 흔해 사람들이 눈여겨보지 않는 여느 들꽃이라도 자세히 들여다보면 사실 경이롭지 않은 것이 없다. 공감적인 응시의 눈길 하에서는 그 어느 하나 신비롭지 않은 것이 없다. 자연을 가까이서 느끼고 그 풍요하고 다양한 세계를 분별하고자 하는 마음의 소유자는 그래서 방자하고 난폭해질 수가 없는 것이다.

자연보호이든 생태보존이든 그것이 사람과 자연을 격리시키는 방향이어서는 곤란하다. 그렇기는커녕 자연에 대한 무지로부터 벗어나는 노력이 그 첫걸음이어야 한다. 산이나 들에 나가 눈에 띄는 어여쁜 야생화의 대부분이 유행가 가사처럼 '이름 모를 꽃'으로 불려서는 자연을 애호하는 마음이 싹트길 기대할 수 없을 것이다. 일찍이 실학자 박제가는 산마루에 핀 야생화 한 송이를 보고 이렇게 스스로를 경계했다.

붉다는 한 글자만 가지고
눈앞의 온갖 꽃을 말하지 말라.
꽃술에는 많고 적고 차이 있거니
꼼꼼히 하나하나 살펴볼 일이다.

毋將一紅字
泛稱滿眼花
花鬚有多少
細心一看過

눈앞의 꽃을 그저 '붉은 꽃'이라고 말하는 것으로 자족한다면 어찌 그 오묘한 존재성을 십분 완상할 수 있겠는가. 시인의 지적처럼 꽃은 그 이름을 불러주어야 비로소 의미 있는 존재로 다가오는 법이다. 아무리 화사한 꽃이라도 무명의 명부에 방치되어 있다면 그저 물색없는 사물이나 진배없다 할 것이다. 저마다 독특하고 고유한 아름다움을 지닌 꽃들을 자루에 든 감자처럼 도매금으로 총칭하는 자의성과 무신경은 생명에 대한 모독이요, 존재에 대한 폭력이라고 지탄 받아도 싼 것이다.

얼마 전 예술의전당에서 반 고흐 전시회가 있어서 다녀왔다. 고흐가 파리에 체류하던 1886년부터 1888년까지, 약 2년 동안 그려진 작품들을 집중 조명함으로써 고흐 미술의 발전사에서 파리 시절의 의미를 되짚어보는 전시회였다. 그동안 우리의 전시회는 흔히 잘 알려진 한두 작품을 간판으로 내세워 관중을 끌어 모으는 흥행몰이이기 일쑤였다. 그러나 이번 고흐전은 화가에 대한 심화된 이해를 위해 특정 시기의 대소 작품들을 한자리에 모은 테마 전시회였다. 그 기획이나 구성 그리고 전시 방식에서 우리 전시문화의 수준을 보여주는 격조 높은 것이었다.

파리 시절에 제작된 자화상들을 비롯하여 눈에 익은 여러 작품들이 전시되어 있었는데, 그중에서 가장 인상적인 것은 「자고새가 있는 밀밭」이었다. 1887년 6월 중순경 파리 근교에서 그려진 것으로 추정되는 이 그림은 오랫동안 「종달새가 있는 밀밭」으로 불려 왔으나, 조류학자들에게 탐문하고 원작이 그려진 생태 환경을 고려한 결과 그림 중앙의 밀밭 위로 날아오르는 새가 종달새가 아니라 자고새라는 결론이어서 작품명도 그렇게 개칭되었다. 이런 저간의 사정이 그림의 해설에 포함되어 있을 뿐만 아니라 놀랍게도 그 옆에 박제된 자고새와 종달새 표본이 나란히 제시되어 관람자의 이해를 돕고 있었다.

반 고흐, 「자고새가 있는 밀밭」, 1877

박제된 새들이 로테르담에서 공수되어 왔다니 큐레이터의 정성이 갸륵할 따름이다. 원화의 아우라를 만끽하면서 덤으로 자고새와 종달새에 대한 생태적 지식도 얻은 셈이다. 혹자는 회화적 데포르마숑을 지향하는 작품에서 그림 속의 새가 자고새든 종달새든 무슨 대수냐고 말할지도 모른다. 그러나 전시회 기획자는 이 그림이 하늘과 바람과 새와 밀이 어우러진 생태적 장경 속에서 감상되길 원했던 듯하다. 그러면서 그는 조류에 대한 분별력이 거의 없을 대다수 관람객의 생태맹이 마음에 걸렸으리라. 아무튼 기획자의 세심한 안목 덕분에 관람객은 그림을 통하여 자연의 한가운데로 초대 받은 기쁨을 누릴 수 있었고, 그런 맥락에서 그림 속의 새가 종달새가 아니라 자고새임을 밝혀낸 노력과 그 정신은 높이 평가되어야 한다. 아름다운 것은 진실한 것이고, 진실에 근접할 때 사물은 아름다운 것이다.

4 피쿼드 호의 목수

시작과 중간과 끝으로 완결되는 멋진 삶의 길도 있지만, 그것이 뒤바뀐 엇나간 삶의 행로도 있는 법이다. 세상에는 사람들의 경탄을 자아내고 운명에 도전하는 영웅적 삶도 있지만, 음지에서 주어진 책무를 묵묵히 수행하며 일생을 보내는 삶도 있다. 세상의 변혁을 위해 열정에 불타는 혁명가의 삶만 의미 있는 것이 아니다. 외딴 수도원에서 홀로 신을 찾는 삶, 마음에 드는 도기 한 점을 얻기 위해 불가마 옆에서 밤을 지새우는 삶, 혹은 생사의 기로에 서 있는 환자의 생명을 붙들기 위해 온 정성을 기울이는 삶도 아름다운 것이다. 나는 문학작품을 읽고 가르치면서 스포트라이트를 한껏 받는 주인공보다도 그의 빛에 가려 눈에 잘 띄지 않지만 또 다른 삶의 길을 계시하는 군소 인물들에 더 이끌리는 경우를 종종 경험한다. 허만 멜빌의 『모비딕』에 등장하는 피쿼드 호의 목수가 나에겐 그런 빛나는 조연 중의 하나이다.

빛나는 조연이라고 하였지만 그에겐 이름도 주어지지 않았다.

한때 고래잡이의 중심지였던 빈야드에서 잠시 목공소를 낸 적을 빼고는 예순 살이 넘도록 이 배 저 배를 전전하며 바다를 떠돈 방랑자라는 것 이외에는 그의 신상에 대해 구체적으로 언급된 것이 없다. 그러나 그는 피쿼드 호에서 없어서는 안 될 소중한 존재이다. 그는 자신의 본업인 목공뿐만 아니라 선상의 온갖 잡다한 수선과 기계의 고장을 도맡아 해결하는 만능의 공작인이다. 그는 능숙한 솜씨로 파손된 보트를 수선하고, 부러진 돛대와 노를 손보고, 때맞춰 낡은 뱃전을 수리하여 피쿼드 호의 항해를 차질 없게 만든다. 두뇌가 손에 내려앉은 것 같다고 말할 정도로 뛰어난 그의 수공 솜씨는 이런 기술적인 일에만 국한되지 않는다. 그는 길 잃은 새를 위하여 말향고래의 뼈로 파고다 모양의 새둥우리를 만들어 주기도 하고, 상어 뼈로 귀걸이를 만들어 그것을 걸고 싶어 하는 선원의 변덕을 달래 주기도 하고, 낙천가인 이등항해사 스텁을 위하여 노의 손잡이에 주홍색 별 모양의 문양을 새겨 주기도 한다. 그의 장인적인 솜씨는 흰 고래 모비딕의 소재에 대한 정보를 얻어듣고 마음이 조급해진 나머지 서둘다가 의족을 부러뜨린 선장 아합을 위하여 새 의족을 만들어주는 부분에서도 눈부시게 발휘된다. 그 스스로 찬탄하듯이 고래 뼈를 깎아 만든 그 의족은 뼈 속까지 살아 있는 다리를 방불케 하는 정교한 것이었다. 아합이 작고 낡은 목선인 피쿼드 호로 거친 대양을 누비며 자신의 다리를 앗아간 흰 고래 모비딕을 일념으로 좇을 수 있었던 것이 기실 전적으로 이 이름 없는 목수 덕분이라고 말하더라도 과언이 아니다.

이 노 목수가 내 마음을 잡아끄는 것은 물론 이런 뛰어난 손재

주 때문만은 아니다. 그를 주목하게 만드는 것은 무엇보다도 그의 장인적 기예가 인간적 정서의 철저한 탈각의 대가로 얻어진 것이라는 점이다. 그는 주변 사람들의 요청에 만능의 도구로서 자신을 내던져 봉사하지만 인간적 표정이나 감정은 전혀 내비치지 않는다. 그는 주변의 일이나 시선에 전혀 아랑곳하지 않고 오로지 자신의 일만을 묵묵히 수행하는 초연한 삶 속에 유폐되어 있다. 세사를 초월한 듯한 이 '몰개성적인 둔감성'(impersonal stolidity)은 하도 극단적인 것이어서 거기에는 그런 경우에 종종 수반되는 고절(孤節)의 기개나 오만의 감정 같은 것이 전혀 배어 있지 않다. 화자 이스마엘이 표현하고 있는 대로 "탈각된 추상체, 분할되지 않은 완전체, 갓 태어난 아이와 같은 비타협성"으로 특징지어지는 그의 탈인간적 태도는 그를 화석화된 존재, 달리 말하면 즉자적이며 자기충족적인 사물과 같은 존재로 만든다. 그러기에 그의 목공 일은 이성적 판단이나 가르침 받은 어떤 원칙에 따라 행해진다기보다는 자발적으로 움직이는 기계적 작동 그 자체처럼 보이고, 그 때문에 그는 감정은 물론이고 아무런 지력도 갖지 않은 순수한 도구라는 인상을 준다. 혹자는 그래서 그를 근대 산업사회에서 톱니와 같은 기능적 존재로 전락한 인간의 극단적 표상으로 보기도 한다.

이처럼 철저히 기능적 도구로 환원된 피쿼드 호 목수의 삶은 끔찍한 것이다. 그러나 관리화된 현대 산업자본주의 사회에서 우리는 정도의 차이는 있으나 늘 이처럼 물화된 삶을 강요받고 있다. 전율적인 공포감마저 느껴지는 그의 비정한 수동성, 절대 단절의 그 내적 망명 상태로부터 그렇게 된 궁극적 원인이 무엇인지로 시선을 돌린다면, 그가 우리와 그다지 먼 거리에 있지 않은 우리의 이웃사촌이거나 어쩌면 바로 우리 자신일 수 있음을 새삼 깨닫게 된다. 그의 삶이 그로테스크해 보이는 것은 그가 우리 모두가 처한 삶의 정황을 거두절미하고 보여주는 "탈각된 추상체"이기 때문일 뿐, 그 자신이 우리와 전적으로 다른 유별난 괴짜이기 때문이 결코 아닌 것이다.

그렇다면 무엇이 그를 무념무상의 기계와 같은 존재로 만들었는가? 왜 그는 인간적 속성을 철저히 사상한 채 물화된 삶 속에 스스로를 유폐시킨 것인가? 이에 대한 실마리는 곧바로 주어진다. 흰 고래 모비딕과의 운명적인 조우가 있기 직전의 어느 날 아침, 망루에 올라가 당직을 보던 선원이 바다로 추락하는 불길한 사건이 발생하고, 그를 구하기 위하여 던진 상비용 구명부표가 제 기능을 못하게 되자 목수는 일찍이 남태평양 섬나라 출신 작살잡이 퀴퀙에게 만들어 주었던 관을 구명부표로 급히 개조하라는 명령을 받는다. 이 엉뚱한 지시에 그는 이렇게 불평어린 독백을 한다.

> 난 이따위 일은 정말 하기 싫다. … 이는 내가 할 일이 아니야. 땜장이나 할 일이지. 내가 하고 싶은 것은 그야말로 말끔하고 남이 아직 손대지 않은 반듯하고 빈틈없는 일이야. 처음 시작은 시작답게, 중간은 중간답게, 마지막에 가서는 끝맺음이 맺어지는 그런 일 말이다. 그런데 땜장이의 일이란 중간이라고 생각하면 끝이 나고 끝이라고 여기면 시작되기 일쑤거든.

요컨대 그의 불만은 선후가 없이 뒤죽박죽인 땜장이 일이 아니라 시종이 분명한 의미 있는 일을 하고 싶다는 것이다. 사물처럼 둔감하고 냉정하다는 그가 혼잣말이라고는 하나 이런 불만을 토로하고 있다는 것이 우선 놀라운 일이다. 더구나 그는 그 불만의 논거로 아리스토텔레스의 고전 미학을 끌어들이고 있는 것이 아닌가! 고랫배의 선원 중에서도 제일 밑바닥 계층에 속하는 이름 없는 목수에 불과하지만 그는 자신도 미적 완결성을 맛볼 수 있는 일을 하고 싶다고 외치고 있는 것이다. 달리 말해 그것은 자신이 톱니와 같은 도구적 존재가 아니라 자신의 일을 통해 삶을 완성해가는 예술가, 아니면 적어도 그것에 자족적인 가치를 부여하는 장인이라는 자기 확인의 제스처이기도 하다. 이런 목수의 모습에서 혹자는 멜빌 자신을 연상하기도 한다. 『모비딕』을 쓸 무렵의 멜빌은 대중의 취향에 영합한 글쓰기로부터 벗어나 자기 진실을 추구하는 예술의 길을 걷고자 몸부림치고 있었기 때문이다.

노 목수의 희원은 스스로를 가둔 깊은 침묵의 유적 속에서 터져나온 것이기에 그만큼 더 곡진하고 절박하게 들리는 것이 사실이다. 그러나 그렇다 하더라도 무엇이 달라지겠는가? 그는 여전히 피쿼드호의 보잘 것 없는 목수일 뿐이다. 그는 일등항해사 스타벅의 지시에 따라 그가 땜장이나 할 일이라고 끔찍이 싫어하는 일—퀴퀙의 관을 부표로 개조하는 일을 하지 않을 수 없다. 그의 일생은 필경 자기 삶의 길을 부정하는 이런 좌절의 연속이었을 것이다. 그도 처음에는 도구적 삶을 강요하는 사회에 맞서서 자신의 존재 가치를 주장했을 것이다. 그러나 그 주장이 매번 짓밟히고 묵살되어 공허한 메아리로 되돌아오면서 말수가 줄어들고 사람들과의 교제가 끊기고 이윽고 자신을 고립된 침묵의 성채에 가두기에 이른 것이리라. 이렇게 타인과 단절된 삶의 골이 깊어질수록 그는 체제의 변방으로 내몰리고 그렇게 오지로 떠돌면서도 그의 장인적 솜씨는 경지를 더해갔지만, 그것을 의당한 제 값어치로 인정받을 가능성은 점점 희박해졌을 것이다. 비유컨대 그는 지상에 포획된 후 다시 날아오르려다가 날개도 부러지고 깃털마저 모두 빠진 채 사람들의 조롱 속에서 어설프게 뒤뚱거리며 이곳저곳을 헤매는 알바트로스이다. 이제 푸른 하늘로의 비상은 영영 불가능한 꿈으로 기억 속에나 남아 있을 뿐이다. 습관이 되어버린 그의 혼잣말은 말하자면 가물가물 잊혀 가는 이 추억이나마 간직하고자 그것을 이따금씩 되불러내는 안타까운 제의(祭儀) 같은 것이다. (그에게 바쳐진 장의 끝을 장식하고 있는 아래 구절보다 더 그가 처한 비극적 정황을 가슴 저리게 표현할 수 있을까? "그의 육체가 당직 초소가 되고 이 독백자가 당직이 되어 그를 깨어 있도록 하기 위해 늘 지껄인다고 말할 수 있는 것이다.")

날로 거세지는 계량적 실용주의의 열풍 앞에서 고사 직전의 위기에 처해 있는 (인)문학인의 미래를 점쳐보면서 나는 자주 이 무명의 목수를 생각한다. 새삼스러운 말이지만 오늘날은 도구적 효용성에 봉사하지 않는 것은 무엇이든 급속히 도태되어 가는 시대이다. 지금까지 문학은 무엇이든 단순명료한 도구로 기능하길 강요하는 이런 실용주의의 전횡에 맞서서 저항도 하고 그 부당성을 규탄하기도 했다. 그러나 날이 갈수록 그런 외침은 대부분 반향 없는 메아리가 되어 허공으로 사라지고 있다. 이런 상황이 되풀이되다 보니 이제는 문학의 본질을 생각하고 그 본래적 가치를 말하는 쉰 목소리조차도 듣기 어려운 실정이다. 들리는 것은 '문학을 통한 영어교육'이니, '사이버문학'이니, '영상매체 시대의 문학' 등과 같은 변신을 역설하는 목소리들뿐이다.

그러나 문학은 정말 사라질 수밖에 없는 것일까? 아니 보다 근본적으로 문학은 과연 효용성이 없는 것일까? 나는 피쿼드 호의 목수가 장인적 솜씨로 개조한 관/부표가 결국은 이스마엘을 살린 생명줄이었음을 상기한다. 그것은 그가 현실 속에서 패배의 삶을 살면서도 장인 정신을 포기하지 않았기에 가능한 일이었다. 요컨대 화석화될 수밖에 없었던 그의 고단한 삶을 발판으로 이스마엘은 파멸의 심연에서 살아날 수 있었다. 이것이 함의하는 메시지는 무엇인가? 진흙탕에서 피어나는 연꽃처럼 목수의 예술혼은 온갖 시련을 겪으면서 결국 이스마엘을 구원하는 한 송이 생명의 꽃으로 피었다. 멜빌 역시 마찬가지다. 시류에 편승하지 않고 오직 진실의 부름을 좇아 자신의 언어 세계를 고집스레 구축해나갔기에 그는 오랜 망각 끝에 세상을 계도하는 위대한 작가로 부활할 수 있었다. 오늘날 우리의 삶을 지배하는 실용주의의 잣대로 볼 때 문학은 쓸모없는 것으로 보일지 모른다. 그러나 그 쓸모없음이 바로 삶을 구원하는 한 줄기 빛이 될 수 있는 것이다. 일찍이 비평가 김현이 역설했듯이 이 무용한 효용성이 문학의 본질이라고 말할 수 있지 않겠는가. 피쿼드 호의 노 목수는 문학의 변신을 혹은 문학의 죽음을 말하기에 앞서서 문학의 본질과 그 심원한 효용성을 다시 한 번 진지하게 생각해보기를 낮은 음성으로 권하고 있는 것이다.

5 세 가지의 새로움

『월든』을 다시 읽으며

『월든』의 「독서」 장에는 이런 구절이 있다. "책 중에는 우리가 처한 오늘의 상황에 대해 계시적인 말을 내포한 것이 있기 마련인데, 우리가 진정으로 이 말을 듣고 이해할 수 있다면, 그것은 아침이나 봄보다 더 큰 활력을 우리의 삶에 줄 것이고, 우리에게 사물의 새로운 면모를 인식하게 해줄 것이다." 저자는 이 구절을 쓰면서 자신의 책이 바로 존재의 근원을 탐구하면서 동시에 시대의 물음에 답하는 책, 그럼으로써 인간의 삶을 아침처럼 혹은 봄처럼 새롭게 탈바꿈시키는 책이길 염원했으리라. 이 구절은 『월든』이 출간 이후 지난 150여 년 동안 왜 손꼽히는 고전으로 자리 잡아 독자들의 마음을 사로잡아 왔는지를 단적으로 말해준다.

『월든』은 1854년 헨리 데이비드 소로우가 발표한 길지 않은 산문 에세이이다. 소로우는 미국 매사추세츠주 콩코드에 소재하고 있는 월든 호수의 서쪽 기슭에 네 평 남짓한 오두막을 짓고, 1845년 7월 4일부터 1847년 9월 6일까지 2년 2개월 2일을 이곳에서 살았다. 스스로 천명한 대로 이 호숫가에서의 그의 삶은 참다운 삶의 길을 모색하는 하나의 '실험'이요 '모험'이었다. 그는 물욕을 버리고 자연을 벗 삼아 지내면서 삶의 궁극적 진실을 발견하고자 했다. '숲 속의 생활'이란 부제가 붙어 있는 『월든』은 이 실험적 생활의 기록이다. 환경문제가 날로 심각해지고 있는 오늘날 그의 삶의 방식과 자연에 대한 깊은 성찰은 환경 위기를 극복할 대안적 예지로 새삼 관심을 끌고 있다.

『월든』의 녹색 상상력은 주목에 값하는 것이지만 그것이 이 책이 널리 애독되어 온 이유의 전부는 물론 아니다. 소로우의 대중화에 앞장서 온 월터 하딩(Walter Harding)이라는 학자는 『월든』은 적어도 다섯 가지 시각에서 읽혀 왔다고 지적한 적이 있다. 곧, 자연에 관한 박물학적 기록, 소박한 삶을 권면하는 삶의 지침서, 물질주의에 지배되는 현대적 삶에 대한 비판과 풍자, 탁월한 언어 예술 작품, 그리고 정신적 삶의 안내서로의 시각이 그것이다. 『월든』은 이렇게 다양한 주제적 관심을 허용해 왔다. 이 주제적 메시지가 독자들의 공감적 상상력을 자극할 때 비로소 절실한 체험으로 다가올 터인데, 『월든』의 경우 그 원천은 무엇보다도 하딩이 암시하듯이 그 독특한 문체의 힘에 있다. 독자들이 『월든』에서 어떤 삶의 비전을 발견하든 그에 앞서 그것을 형상화한

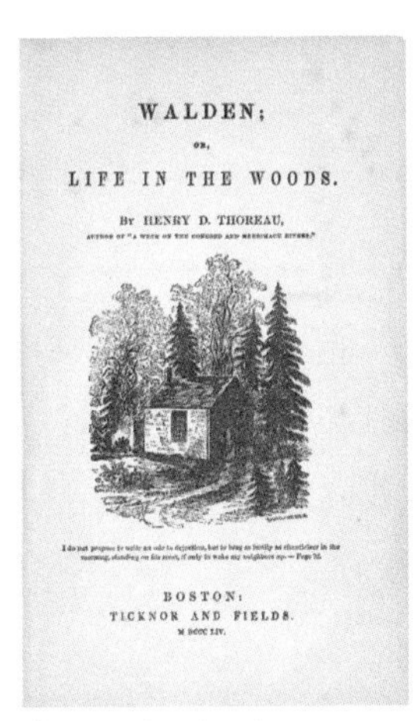
WALDEN;
OR,
LIFE IN THE WOODS.
BY HENRY D. THOREAU,
BOSTON:
TICKNOR AND FIELDS.
M DCCC LIV.

『월든』 초판본 속표지

독특한 언어 미학이 있는 것이다. 『월든』은 순문학의 범주에 들지 않는, 총 423문단, 200여 쪽 가량의 에세이에 불과하다. 그러나 이 한 편의 산문집으로 너대니엘 호손, 허만 멜빌, 월트 휘트먼 등 기라성 같은 당대의 문인들과 어깨를 겨루며 소로우가 19세기 미국 문학을 대표하는 고전 작가의 반열에 오를 수 있었던 것은 미국적인 경험에서 우러나온 토착적인 언어 미학을 구축한 스타일리스트였기 때문이다.

소로우는 『월든』을 빚어내는 데 9년의 세월을 바쳤다. 남아 있는 서로 다른 필사본 원고들은 이 기간 동안 『월든』이 적어도 일곱 번에 걸쳐 개작되었다는 것을 보여준다. 이 과정은, 『월든』의 표현을 빈다면, "꽃처럼 활짝 피어나는 순간의 아름다움"을 현시하는 언어를 발견하기 위한 고투의 연속이었다. 『월든』의 문장 하나하나는 매 순간을 전심전력으로 사는 존재의 응축된 경험을 담고 있는 언어의 성채이다. 그 언어는 달리 말해 인생의 골수를 온몸으로 흡수하면서 삶을 깊이 있게 살고자 하는 결의의 소산이다. 그러기에 언어의 토운은 내밀하고 그 리듬은 유장하면서도 역동적이다.

삶의 정수를 표상하는 언어는 곧 존재자들이 스스로를 드러내는 언어이다. 소로우는 숲 속 생활의 연륜이 깊어지면서 그런 언어를 얻기 위해서는 자연 속에서 '볼 가치가 있는 것을 놓치지 않고 보는 훈련'과 '항상 주의 깊게 살피는 자세'를 요구한다는 것을 깨닫는다. 다시 말해 인습으로부터 벗어난 참신한 언어의 발견은 존재 대상에 대한 깊은 응시를 통해 그 독자적 존재성의 인식을 선결조건으로 한다. 자연문학 작가로서 소로우가 전범적인 것은 이처럼 물려받은 언어로부터 인습의 더껑이를 걷어내고 개성적인 언어 미학의 정립이 심오한 자연 성찰과 그 소산인 생태적 예지의 발견과 동궤를 이루고 있는 점에 있다.

『월든』이 독자의 공감적 상상력을 자극하는 원천도 이것이다. 『월든』이 전하는 메시지는 기실 범속한 것이다. 그러나 『월든』은 그것을 선각자적 설유의 목소리로 전하지 않는다. 그것은 몰아의 경지에서 존재자 스스로가 전하는 비전이요, 언어이다. 그러기에 사람들은 『월든』을 읽으며 저마다 살아온 삶을 다시 살피고 그러는 가운데 내면에서 새롭게 태어나는 자아의 목소리로 그 권면을 듣는다. 『월든』이 자극하는 텍스트와의 내면적 공감은 이렇게 의식의 각성과 갱생의 충만감을 수반한다. 『월든』은 소로우의 책이면서 또한, 이미, 언제나 나의 책인 것이다.

소로우는 월든 호숫가에서 사는 동안 거의 매일 아침 호수에서 목욕을 하였고 그것을 그가 행한 최상의 일의 하나로 꼽았다. 그에게 목욕은 갱생의 의식이었다. 그것은 『대학』에서 그가 인용하고 있는 그대로 "날로 새로워지는(又日新)" 삶의 실천이었다. 우리는 그리하여 세 가지의 새로움을 마주한다. 속진을 떨쳐 버리는 침례 의식을 통한 의식의 새로움, 언어의 새로움, 자연을 보는 시각의 새로움이 바로 그것이다. 『월든』은 이 세 가지 새로움의 추구를 삶의 원리로 실천한 결과이자 표현이다. 『월든』이 생태문학의 경전으로든 문학적 고전으로든 지속적으로 읽히고 있는 것은 이 세 가지의 쇄신이 소로우의 시대는 물론 우리 시대에도 여전히 절실한 과제로 남아 있기 때문일 것이다.

6 모 기

겨울로 접어든 어느 해, 학술대회에 참석차 지방의 한 호텔에 머문 적이 있었다. 실내 공기가 답답하여 낮 동안 창문을 열어 놓았었는데 이게 화근이었다. 밤에 들어와서 잠을 청하는데 홀연 왱 하는 소리와 함께 손등이 따끔하고 가려워졌다. 초겨울인데 놀랍게도 모기였다. 모기는 방안을 휘젓고 다니면서 산발적인 공격을 계속했다. 허공을 나는 모기를 두 손바닥으로 때려잡아 보려고도 하고 살갗에 내려앉길 기다려 역공을 펴보지만 모기는 날렵하게 손아귀를 빠져나갔다. 그대로는 도저히 잠을 잘 수가 없어서 궁리 끝에 실내등을 모두 끄고 화장실로 피신하여 모기가 들어오길 기다렸다. 10여 분 뒤에 드디어 모기 한 마리가 불 켜진 화장실 안으로 날아들어 왔다. 얼른 화장실 문을 닫고 모기가 내려앉길 기다렸다. 신문을 채처럼 둘둘 말아서 그것으로 벽 모서리에 내려앉은 모기를 내리쳐서 잡았다. 문을 열어 놓고 계속 기다렸더니 얼마 있지 않아서 또 한 마리가 나타났다. 이번 모기는 천장에 앉았다. 신문 채로 천장의 모기를 잡은 후 다시 얼마를 기다렸다. 모기는 더 이상 나타나지 않았다. 침대로 돌아와 다시 잠을 청했으나 정신이 말똥말똥해서 결국 잠을 설치고 말았다.

모기 때문에 잠이 달아나버린 것도 짜증나는 일이었지만 놈들을 기어코 잡겠다고 화장실로 유인까지 한 내 행동이 우스워 보여 더욱 짜증이 났다. 모기에게 피를 보시하는 셈치고 내버려둘 수는 없었는가. 모기는 커 보아야 1.5cm를 넘지 않는다. 이런 미물을 상대로 만물의 영장이란 인간이 온갖 궁리를 다해 붙잡아 죽이다니 한심하다는 생각이 엄습했다. 어떠한 경우에도 살생을 금하는 불가의 가르침도 가르침이려니와 모든 생명체는 인간에게 유용한가의 여부와 상관없이 본래적 가치를 지니고 생명공동체의 일원으로 존재할 권리가 있다고 근래의 생태철학 또한 역설하고 있지 않던가. 내면에서 두런거리는 이런 자책의 목소리에도 불구하고 모기가 어디선가 날아와 다시 공격한다면 나는 아마 녀석을 잡지 않고는 못 배길 것 같다.

잠을 억지로 청해보았지만 모기의 날갯짓 소리가 환청처럼 귓가를 맴돌았다. 여름밤 모기가 서너 차례 달려든 뒤부터는 이 환청이 어김없이 시작되고 이 때문에 신경이 곤두서게 된다. 어쩌면 이 환청 때문에 모기를 등신대 이상으로 부풀려 생각하고 그 해악을 과장하고 있는 것이 아닌지 모르겠다. 흔히 모기를 사람의 피를 빨아먹고 사는 흡혈귀와 같은 존재로 여기지만 모든 모기가 피를 빠는 것은 아니라고 한다. 산란기의 암컷만 그렇다 한다. 수컷은 꽃의 꿀이나 나무의 수액을 빨아먹고 산다. 암모기도 산란기에 알을 부화시키기 위해서 동물의 피를 빨고 그렇지 않을 경우에는 꽃의 꿀을 주로 먹고 산다. 모기가 가냘파 보이면서도 왜 그렇게 날렵하고 집요한지 이해가 간다. 종족 보존을 위한 산란에 사람의 피가 필요하다면 모기들로서도 필사적일 수밖에 없으리라.

딸아이가 초등학교 4학년 때 여름인가 학교의 걸스카우트 프로그램의 일환으로 하룻밤 야영을 다녀온 적이 있었다. 이튿날 집에 돌아온 딸의 얼굴과 팔뚝은 온통 모기에 물려 부풀어 오른 분홍 반점 일색이었다. 텐트를 치고 잤지만 방비가 소홀하여 밤새도록 모기에 뜯긴 것이다. 내가 모기에 대해 예민해지기 시작한 것도 이때부터였던 것 같다. 미국에서 조사한 바에 따르면 모기는 미국인들이 두번째로 싫어하는 동물이라고 한다. 모기에 앞서 바퀴벌레가 제일 싫어하는 동물이고 그 뒤로 쥐, 말벌, 방울뱀의 순서이다. 우리의 경우 조사한 예가 있는지 알 수 없지만 크게 다르지 않으리라 짐작한다.

사회생물학자들은 특정 동물에 대한 인간의 호불호는 오랜 진화의 과정에서 누적된 경험이 유전된 결과라고 말한다. 그렇다면 인간과 모기의 쫓고 쫓기는 갈등의 역사도 아주 오래된 것이 분명하다. 모기 화석 중에는 백악기의 것도 있다고 하니 모기는 인간보다 훨씬 앞서서, 길게 잡으면 1억 4,500만 년 전부터 지구상에서 생존해 온 셈이다. 기득권을 주장하기로 하면 인간은 모기 앞에서 입을 다물어야 한다.

오늘날 시도 때도 없이 모기가 출몰하고 있는 것은 생활환경의 변화 탓이다. 모기는 알에서 부화하여 유충인 장구벌레를 거쳐 번

데기로 성장하여 성충이 된다. 대략 14℃ 이상의 물이 고인 곳이면 어디든지 서식할 수 있는데 도시의 아파트나 빌딩의 지하실에는 한겨울에도 이런 조건을 충족시키는 곳이 있다. 겨울에도 모기가 출몰하는 연유이다. 자연스런 조건에서는 천적인 송사리나 미꾸라지가 유충을 잡아먹어 그 개체수가 조절되는데 수질오염으로 인해 이들이 사라지면서 비정상적으로 그 수가 급증하여 피해를 입는 지역이 많아지고 있는 모양이다. 그러고 보면 예전보다 모기의 개체수가 증가하고 극성스러워진 것도 현대 산업문명의 과잉이 초래한 자업자득이라 할 수 있다.

미국의 소설가 윌리엄 포크너에게는 『모기』란 소설이 있다. 1927년에 출간된 그의 두번째 소설이다. 포크너가 아직 자기 형식을 발견하기 이전의 습작기 것이라서 생경한 관념이 그대로 노출되어 있는 미숙한 작품이지만, 작중인물들이 벌이는 문학과 예술에 대한 토론을 통해서 젊은 포크너의 문학적 지향을 헤아려볼 수 있기에 의미가 있는 작품이기도 하다. 재미있는 점은 이 작품에서 모기란 단어가 단 한 번도 나오지 않는다는 사실이다. 다만 소설의 서두에 붙인 에피그라프에서 무인칭 대명사를 사용하여 봄철의 모기와 8월의 모기를 대비시키며 간접적으로 언급할 뿐이다. 봄철의 모기는 "귀엽고, 어리고, 믿을만한"데 반하여, 8월의 모기는 "더 크고 고약스러우며, 장의사처럼 어디에서나 눈에 띄고, 전당포주인처럼 교활하고, 정치가처럼 자신만만하고, 피하려 해야 피할 수 없는" 존재이다.

한여름 모기의 속성을 장의사, 전당포주인, 정치가를 끌어들여 묘사하고 있는 점이 재미있다. 그 편재성, 교활함, 자신만만함, 피하고 싶어도 피할 수 없게 따라다니는 속성의 소묘에 모기에 시달려 보지 않고서는 포착해낼 수 없는 예리함이 번득인다. 포크너는 이 소설에서 모기의 이런 속성을 특히 재능 없는 사이비 예술가들이 내뱉는 공허한 관념적 언어의 유희에서 감지하고 이를 경계한다.

> 지껄여대고, 지껄여대고, 또 지껄여대고. 전적으로 답답한 말의 어리석음. 그것은 영원히 지속될 것 같이 끊임없는 것처럼 보인다. 관념과 생각은 서로 주고받으며 단순한 소리로 전락하고 이윽고 사라져 버린다.

이 소설의 등장인물들은 대부분 예술과 사랑을 갈망하나 실천적 노력 대신 부나비처럼 떠돌며 그럴듯한 말의 향연을 즐길 뿐이다. 그래서 젊은 소설가에게는 실체성이 결여된 허황한 넋두리 같은 시대의 빈 말들이 환청처럼 끊임없이 들려오는 왱왱거리는 모깃소리처럼 들렸던 것이다. 비평가 클리언스 브룩스(Cleanth Brooks)는 시각을 약간 달리해서 예술과 사랑을 갈구하지만 끊임없이 좌절하는 인물들에 초점을 맞춰 모기를 예측불가능하고 우리를 짜증나게 하는 현실의 한 양상을 상징한다고 주장한다.

모기가 타기해야 할 헛된 말의 표상이든 짜증나는 현실의 상징이든 소설 『모기』는 우리 삶에는 엄연히 그 현실의 일부를 이루고 있으면서도 그 의미 질서로부터 유배된 것들, 쥘리아 크리스테바

(Julia Kristeva)가 말하는 '미천한 것'(the abject)의 영역이 존재한다는 것을 재확인시켜 준다. 모기를 소설의 표제로 택했으면서도 부재의 기표로 남겨 둔 점이 그래서 더더욱 의미심장해 보인다. 그리고 모기는 내게 그것이 표상하는 자연이야말로 그 '미천한 것'의 대표적인 물상(物象)이라는 것을 환기시킨다. 자연은 근대 산업자본주의 사회에서 자본 축적의 중요한 원천이었음에도 정복되고, 짓뭉개지고, 버려지는 대상이었다. 자연은 우리 삶의 빼놓을 수 없는 현실의 일부이면서도 그 변방에 내몰린 유적지였다. 그렇게 짓밟혀 온 자연이 이제 복권을 요구하며 우리 삶의 현실로 돌아오고 있다. 그 복권의 필요성에 공감하면서도 우리 사회는 여전히 그 권리 주장 앞에 짜증스러워 한다.

나 자신 역시 자연 사랑의 중요성을 종종 역설하지만, 모기에 관한 한 생태주의의 강령을 고수할 자신이 없다. 붙잡으려고 해도 잘 붙잡히지 않고 내 통제의 손길에서 쉽게 벗어나버리는, 그러면서도 내 주위를 빙빙 도는 모기가 나 역시 짜증스럽다. 그러면서도 모기를 붙잡아 죽인 후 늘 죄책감에 시달린다. 모기는 말하자면 이념적으로는 생태주의적 삶에 동조하면서도 현실에서는 그것을 너무나 쉽게 배반해버리는 어긋남의 객관적 상관물이다. 이래저래 모기는 짜증스러운 존재이다.

7 말기의 눈

한때 바둑을 즐긴 적이 있다. 그 시절 나는 정석과 포석은 물론 끝내기와 사활에 관한 책을 사서 읽고, 바둑 잡지를 구해서 열심히 들여다보고, 묘수풀이 퀴즈를 푸는 데 열을 내고, 신문의 바둑란에 맨 먼저 시선이 가곤 했다. 기회만 있으면 누구와도 바둑을 두었고, 시간이 나면 바둑판 앞에 혼자 앉아서 기보를 펼쳐 놓고 복기를 해 보곤 했다. 한동안은 잠자리에 누워서 천장을 바라보면 천장 벽지의 사각 무늬가 바둑판으로 보일 정도였다. 이렇게 바둑에 빠졌었지만 재주가 신통치 않아서 기력은 그저 그런 정도였다. 인증을 받아본 적이 없으니 정확히 알 수는 없으나 잘 보아주어야 3급이 될까 말까 한 정도에서 내 바둑 열정은 식고 말았다. 그 후로도 가끔 바둑을 두곤 했지만 바둑판에서 전개되는 살벌한 싸움보다는 드문드문 한 마디씩 나누는 수담이 더 좋아 바둑판에 앉았던 것 같다. 요사이는 그마저도 그만두었다. 너나 할 것 없이 바쁜 세상에 한가하게 바둑 둘 상대를 찾기 어렵게 되었거니와 반상을 응시하며 두

서너 시간씩 앉아 있을 수 있는 체력도 버거워졌기 때문이다.

최근 바둑이 스포츠로 간주되어 아시안게임에서 정식 경기 종목으로 채택되었다는 뉴스를 들었다. 바둑을 승패를 겨루는 경기로만 보는 것 같아 씁쓸하기 짝이 없다. 바둑은 승패를 겨루는 게임이기에 앞서 마음을 다스리는 예도로 보아야 마땅하다고 생각한다. 바둑이 도(道)인 것은 무엇보다 한 수 한 수가 최선의 수를 전제하는 데에 있다. 가로세로 19줄, 361로에서 두는 바둑 한 판 한 판은 모두 다르지만, 어느 경우든 포석 단계에서부터 이미 그 판세에서 최선인 수를 찾아내는 것이 대국의 근본이기 때문이다. 한때 일본 바둑계를 평정했던 조치훈 명인은 목숨을 걸고 바둑을 둔다고 말하곤 했는데, 혼신의 자세로 전력투구하지 않고서는 최적의 수를 찾을 수 없기에 나온 말일 것이다. 최적의 수는 목전의 작은 이익을 탐하거나 국지적 승부에 집착해서는 찾기 힘들다. 그것은 판세 전체의 조망 속에서 부분을 살피고 한 수를 놓을 때마다 그것으로 전체적 구도를 새롭게 구성해보는 조형적 탐색의 소산이다. 그래서 바둑은 상대가 있긴 하지만 그 최적의 수를 찾아내기 위해 스스로의 호흡을 조절하고 내면을 다잡아야 하는 자기와의 싸움이다.

일본의 노벨상 수상 작가 가와바타 야스나리(川瑞康成)의 『명인』(名人)은 바둑이 구도의 길임을 감동적으로 보여주는 소설이다. 『명인』은 제21세 혼인보(本因坊) 슈사이(秀哉) 명인의 은퇴기를 다룬 실화 소설이다. 명인이 65세인 1938년에 둔 이 바둑의 관전기를 니치니치 신문에 쓴 가와바타는 그로부터 13년이 지난 1951년에 기억을 되살려 이를 소설의 형식으로 재구성해냈다. 이 바둑을 두면서 명인은 심장병이 악화되었고 대국을 마친 약 1년 뒤인 1940년에 세상을 떠났다.

병마와 싸우면서도 혼신의 힘을 다해 바둑을 둔 명인에게서 가와바타는 어떤 경우에도 자신의 예도를 포기하지 않는 위대한 예술가의 풍모를 찾아내고 있다. 소설가는 우연히도 명인이 사망하기 이틀 전 그가 요양하고 있던 아타미의 여관으로 찾아가 죽음의 문턱에 선 명인과 장기를 두기도 했다. 명인이 사망한 뒤 그는 가족의 의뢰로 죽음의 세계로 들어선 명인의 얼굴 사진을 찍을 기회를 갖기도 했다. 데드 마스크나 다름없었던 이 얼굴 사진이 가와바타의 뇌리에서 떠나지 않았던 듯하다. 그것은 모든 것을 희생하고 오로지 기도(棋道)에 정진하는 삶을 천명으로 알고 살아온 얼굴, 그러기에 죽은 모습에서조차 영혼의 향기가 떠도는 얼굴이었다. 이 최후의 인상이 너무도 강렬하게 그를 사로잡고 있어서 결국 소설로 형상화하지 않을 수 없었는지 모른다.

메이지, 다이쇼, 쇼와 3대에 걸쳐 30여 년을 기계의 1인자로 군림해온 슈사이 명인에 맞선 대국자는 30대의 젊은 별, 기타니 미노루(木谷實) 7단이었다. 1년여에 걸친 리그전 끝에 은퇴기의 도전자로 선발된 그는 중국 출신의 기사 오청원(吳清源)과 더불어 신포석을 들고 나와 새 시대를 연 강자였다. 두 사람의 대국은 그러므로 신구세대의 대결이란 의미를 띤 것이기도 했다. 명인은 신포석으로 도전해오는 신진들에게 질 수 없다는 투지로, 도전자는 명인에게서 불패의 영관을 벗겨내 구시대의 바둑을 넘어서겠다는 각오로

맞선 것이다. 신세대를 대표하는 기타니 7단의 집념은 소비 시간에서도 나타난다. 이 바둑의 제한시간은 각 40시간으로 일본 바둑 역사상 최장의 것이었는데, 명인이 19시간 59분을 쓴 데 비해 기타니 7단은 34시간 19분을 소비했다. 결과는 흑을 쥔 가타니 7단의 다섯 집 승이었다. 65세의 명인은 심장병으로 쓰러져 병원에 실려 가면서도 이 대국에 혼신의 힘을 쏟았다. 그러나 명인의 이런 투지도 기타니의 끈질긴 장고 앞에서 무너지고 만 것이다. 기타니의 승리로 일본 바둑은 명실상부하게 새 시대를 열게 된다. 이 은퇴기를 끝으로 시대의 최고 기사에게 부여되었던 종신적 명예인 '명인'도, 세습 가계의 명칭이었던 '혼인보(本因坊)'도, 기계에 개방되어 타이틀전의 우승자를 일컫는 말이 되었다.

이 역사적 대국은 중일전쟁의 발발로 어수선한 1938년 6월 26일에 시작되어 그해 12월 4일에 끝났다. 대국 회수만 14회, 무려 6개월이 걸린 대국이다. 중간에 명인의 병으로 인해 3개월을 쉰 탓으로 이렇게 오래 걸렸지만, 매회 5시간씩, 대국 중간에 나흘을 쉬고 닷새째마다 두기로 한 약정대로 흑백이 제한시간 40시간을 모두 썼다면 적어도 3개월이 소요되는 대국이었다. 명인의 심장병이 도지면서 중간에 나흘을 쉬는 기간이 오히려 피로를 가중시키는 원인이 된다 하여 3개월의 중단 뒤 속개된 바둑에서는 이틀을 쉬고 사흘째마다 대국을 하는 것으로 조정되었다. 예상하지 못했던 상황의 변화에도 불구하고 두 대국자는 이렇게 타협을 해가면서 최선을 다해 바둑을 마무리 지었다. 어쩔 수 없이 승패가 갈리긴 했지만 바둑은 거의 종반까지 용호상박의 호각지세였고 어느 쪽도 결정적인 실착이라고 할 만한 수는 없었다는 것이 중론이다. 양자가 모두 최적의 수를 찾아 두기 위해 혼신의 힘을 기울인 결과일 것이다.

전시의 뒤숭숭한 상황에서 한 판에 반년이 걸리는 이런 바둑을 뒀다는 것이 우선 놀랍다. 차 한 잔을 끓여 마시는 데도 절차와 의식을 갖추는 다도(茶道)나 향나무를 태워 향을 음미하는 향도(香道)의 문화를 가꾼 사회가 아니고서는 생각할 수 없는 일일 것이다. 이 바둑에서 또 하나 인상 깊었던 것은 3개월 만에 속개된 대국에서 기타니 7단이 첫 수(두번째 기보의 1)를 두는 데 무려 3시간 30분을 쓴 점이다. 상대가 병이 나서 바둑에 대해 생각해볼 겨를이 없었을 터이니 자신도 그 사이 일체 궁리하지 않았다는 태도이다. 이런 중요한 바둑을 도전자가 3개월을 쉬면서 전혀 생각해보지 않았다는 것은 물론 쉬이 납득되지 않는다. 그래서 기타니의 장고에 대해서 위선을 떤 것으로 비난하는 여론도 없지 않았던 모양이다. 그러나 그를 잘 아는 기사들은 그의 결벽성을 들어 그 진실성을 의심하지 않았다. 가와바타 역시 그의 장고는 대국의 중단으로 인해 흩어졌던 마음을 다잡고 전체의 판세와 향후의 전략을 구상하기 위해 필요한 것이었다며 수긍하고 있다.

기타니의 속내야 어떻든 그의 이런 태도는 바둑이 승부를 가리는 게임이기에 앞서서 하나의 예도라는 것을 재확인시켜 준다. 승부에 대한 집념이야 그는 누구보다도 강했을 것이다. 그러나 그것이 페어플레이 정신과 함께 가야 하는 것임을 그 자신이 몸소 보여준 것이다. 기타니는 약정된 대국의 조건을 명인의 사사로운 형편에 맞춰서 바꾸려 할 때는 완강하게 거부하는 입장을 견지하면서도 실제 대국에 임해서는 시종일관 명인에 대해 예를 잃지 않는 모습을 보여주고 있다. 공평한 조건에서 두기 위해 따질 것은 따지더라도 지켜야 할 도리는 그것대로 존중하는 마음가짐의 발로로 보인다.

꺼지기 직전의 타오르는 불꽃처럼 죽음을 앞두고 예술혼을 불사른 작은 걸작을 남긴 예술가들이 더러 있다. 그런 마지막 광휘로 다빈치의 「모나리자」, 셰익스피어의 『템페스트』, 베토벤의 「후기 현악4중주」, 허만 멜빌의 『빌리 버드』, 헤밍웨이의 『노인과 바다』 등을 꼽을 수 있다. 이 말기의 작품들이 주목되는 것은 예술가가 일생에 걸쳐 고심해온 주제가 때로 가감 없이 드러나 있기 때문이다. 또한 우리는 그렇게 현현되는 고뇌의 흔적에서 예술가의 재능과 그가 이룩한 예술의 깊이를 문득 깨닫게 된다. 이 한 판의 바둑도 가와바타에게 그런 백조의 노래로 비쳤던 듯하다. 그는 이 바둑을 명인의 바둑 인생 전체를 응축해서 보여주는 흔치 않은 명국으로 조명하면서, 명인의 외골수 기질, 반상의 몰입과 끈기, 일상의 무심한 태도에 대해 언급하고 있다. 이 은퇴기는 사실 슈사이 명인의 마지막 공식 대국이 되고 말았다. 그가 말년 10년 동안 승부를 겨룬 바둑은 이 은퇴기를 포함하여 딱 세 판뿐이다.

바둑계의 상징과 같은 존재의 오랜만의 공식 대국이자 은퇴기였기 때문에 그만큼 비장한 분위기가 대국을 지배했던 듯하다. 소설가는 병마의 고통을 참으면서 반상을 응시하는 명인의 모습에 대해 어느 대목에서는 "귀신이 마주 앉아 바둑을 두는 것" 같이 처절하다고 썼다. 그러나 이런 처절한 느낌은 관전자의 몫이었고 명

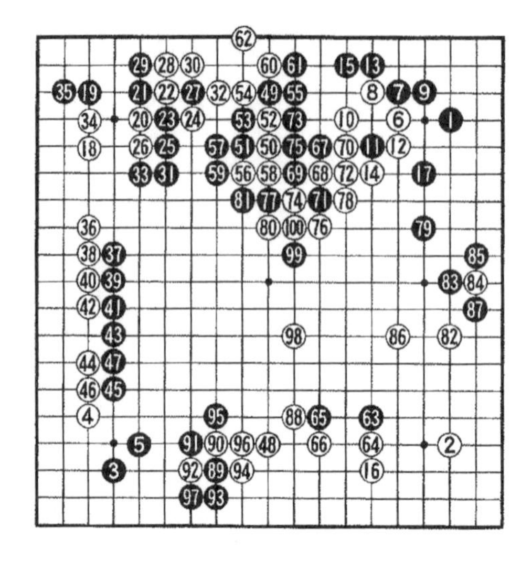

제 1 보(1~100)
백: 혼인보(本因坊) 슈사이(秀哉) 명인
흑: 기타니 미노루(木谷實) 7단
제한 시간: 각 40시간. 덤 없음

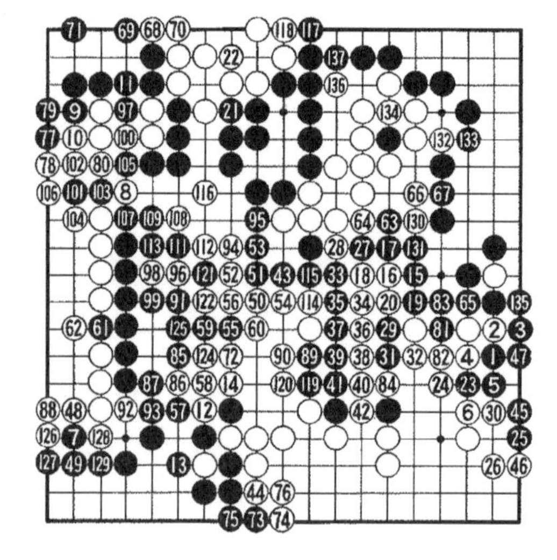

제 2 보(101~237)
237수 끝, 흑 5집 이김
소비시간:
백 19시간 57분 ⑩ … ❸의 곳에 이음
흑 34시간 19분 ❷ … ⑯의 곳에 이음

인은 바둑판 앞에 일단 앉으면 이내 모든 것을 잊고 바둑에 몰입해서 주위에서 무슨 일이 일어나는지 모르는 경우가 많았다. 이 몰입의 경지도 내게는 인상적이다. 가와바타 자신 「말기(末期)의 눈(眼)」이라는 에세이에서 세사를 초탈한 이 무심의 삼매경을 예술이 지향하는 궁극이라고 쓴 적이 있다.

> 수도승의 얼음과 같이 맑디맑은 세계에서 향이 타는 소리가 집이 불타듯 들리고, 그 재가 떨어지는 소리가 낙뢰와도 같이 들린다는데, 그것은 진실이리라. 모든 예술의 궁극은 이 말기의 눈이리라.

최상의 수를 찾기에 목숨을 걸었다면, 그 기사의 내면은 필시 '향이 타는 소리가 집이 불타듯'이 들리는 정중동(靜中動)의 세계이리라. 소설가 아쿠타가와 류노스케(芥川龍之介)의 표현으로 알려진 '말기의 눈'은 예술가가 자신의 죽음을 예감하는 생의 말기에나 얻을 수 있는 안목이라는 암시가 담겨 있다. 달리 말해 그것은 죽음의 미학, 곧 죽음의 손짓 앞에서 모든 인간적 욕망을 내려놓고 소심(素心)의 경지에 이르렀을 때 예술은 비로소 궁극의 형태에 육박할 수 있다는 생각에 이어져 있다. 자신이 찍은 명인의 사후 사진에서 가와바타는 어쩌면 이 말기의 눈을 보았는지 모른다. 아무튼 슈사이 명인은 심장이 언제 멈출지 모르는 절박한 상황 속에서도 6개월이 넘게 걸린 이 바둑을 끝까지 두어 완결시켰다. 그는 죽음으로써 자신의 예도를 완성한 기사로 기억되는 것이 마땅한 것이리라.

8 문학의 창에 비친 기후변화

금년 여름은 유난히도 비가 많이 내렸다. 여름 내내 거의 매일 같이 비가 내린 느낌이다. 기상청에 따르면 금년 6월부터 8월 17일 현재까지 비가 내린 날이 6월에 14일, 7월에 21일, 8월에 14일로 전체 78일 중 49일이나 비가 내렸다. 작년 같은 기간에는 각각 10일, 17일, 12일이 비가 내렸다 하니 금년은 작년보다 10일이나 더 비가 내린 셈이다. 최근 30년간의 평균에 비하더라도 비 온 일수가 16.5일이 더 많다고 한다. 비 오는 날이 이처럼 끝 모르게 지속되다 보니 일거리가 줄어 생활고에 시달리던 50대의 일용직 건설 노동자가 스스로 목숨을 끊었다는 우울한 보도도 있었다. 이제 기상이변은 예외적인 것이 아니라 일상적인 것이 되어버렸다고 해도 지나치지 않다.

이 같은 급격한 기후변화와 그로 인한 막심한 피해는 무엇보다 인류가 처해 있는 환경 위기의 심각성을 말해주는 가장 두드러진 징후적 현상이다. 그것은 또한 자연환경이 인간사의 불변적 배경에 그친 것이 아니라 그 변화의 중요한 변인일 수 있음을 새삼 환기시킨다. 전자의 시각은 근대 이후 자연을 지속적으로 정복하고 훼손하고 피폐시켜온 삶의 양태를 근본적으로 재검토하여 자연과 인간의 새로운 관계 정립을 촉구한다. 심층생태학을 비롯한 현대의 중요 생태사상이나 환경운동은 이런 입장을 밑바탕으로 한다. 후자의 시각은 자연환경을 역사적 변화의 중요 동인으로 고려하여 역사와 문명의 변화를 새롭게 볼 필요성을 제기한다. 근래에 주목을 끌고 있는 환경사 혹은 생태문화사는 이런 관점에서 역사 인식을 새롭게 정립하고자 하는 시도이다.

기후변화와 문학의 연관은 후자의 시각과 동일한 맥락에서 문학작품의 배경을 이루는 물리적 환경의 중요성을 새롭게 인식함으로써 작품 이해의 새로운 지평을 연다는 점에서 찾을 수 있다. 그 접점은 문학작품을 통하여 생명의 소중함을 환기시키고, 자연에 대한 외경심을 일깨우며, 이를 바탕으로 인간과 자연의 관계를 재정립함으로써 환경 위기를 극복하고자 하는 시대적 요구에 부응하여 태동한 문학생태학의 주제적 관심사의 일부이기도 하다. 그동안 문학에서 삶의 환경은 인물의 행동과 사건이 펼쳐지는 무대임에도 불구하고 별로 주목 받지 못해 왔다. 특히 인간의 사회적 관계에 초점을 맞춘 리얼리즘 문학이나 인간의 내면세계의 묘사에 관심을 기울였던 모더니즘 문학에서 물리적 배경은 작품 구성의 부차적 요소로 간주되었을 뿐이다. 그러나 근대 이전의 설화나 서사문학, 비극 혹은 근래에 주목을 받고 있는 지방색 문학(local color)으로 시선을 돌린다면 사정은 다르다. 여기에서 자연환경과 대지는 나날의 삶을 추동하면서 인간의 내밀한 정서와 상상력을 빚어내는 근원적 힘으로 나타난다.

일찍이 야성의 자연 속에서 삶의 활력을 찾고자 했던 로렌스(D. H. Lawrence)는 선배 소설가 토마스 하디의 문학에서 진정한 주인공은 인물들이라기보다는 그들의 비극적 삶을 주형하는 웨섹스의 황야, 엑던 히스(Egdon Heath) 그 자체라고 지적한 적이 있다. 어찌 하디의 소설에서만 그렇겠는가. 예이츠의 시문학에서 그의 고향 슬라이고나 조이스의 소설에서 더블린은 단순한 물리적 배경으로 그치지 않는다. 그것은 이들의 문학적 상상력이 펼쳐지는 무대이면서 동시에 그것을 주형하고 채색하는 원천이다. 마찬가지로 마크 트웨인의 미시시피강, 윌리엄 포크너의 요크나퍼토파 카운티, 윌라 캐더의 황량한 네브라스카 평원, 박경리의 평사리는 그 문학 세계의 궁극적인 모습을 결정짓는 운명과도 같은 공간인 것이다.

작가의 독특한 문학적 상상력을 특징짓는 이 장소 의식 혹은 장소성의 가장 중요한 요소가 바로 날씨와 기후이다. 예컨대 상쾌한 미풍과 고요한 일몰, 짙은 안개, 거센 폭풍, 눈보라와 같은 기상 변화나 계절의 순환은 장소적 상상력에서 빠뜨릴 수 없는 요소들이다. 성경의 대홍수 에피소드와 흡사한 설화나 천둥과 번개가 중요한 의미소(意味素)를 이루는 각종 신화가 중근동은 물론 유럽, 아메리카, 중국 등 세계 각지에서 보편적으로 발견된다는 사실에서도 그 점은 확인된다. 날씨나 기후와 관련된 이런 이야기들의 전 세계적 편재는 인류사에 그 모델이 될 만한 사건들이 있었음을 또한 시사한다. 마찬가지로 『리어왕』에서 딸들의 배신에 분노한 리어왕

이 광기에 젖어 폭풍우 몰아치는 황야를 헤매는 인상적인 장면을 전적으로 셰익스피어의 천재성으로만 설명할 수는 없다. 근래의 고기후학(paleoclimatology)은 셰익스피어가 살았던 16세기 후반, 전 유럽이 오랫동안 이상 저온에 시달리고 특히 추운 겨울에는 이전에 비해 폭풍우가 85% 이상 증가했다고 보고하고 있다. 기후학자들은 셰익스피어가 첫 작품을 쓴 것으로 추정되는 해인 1588년, 영국과 스페인의 해전에서 무적함대가 참패한 것도 대서양의 폭풍우를 예측하지 못한 탓이라는 설명을 내놓고 있다. 노벨문학상을 수상한 존 스타인벡의 『분노의 포도』에 대해서도 같은 말을 할 수 있다. 1930년대에 미국 중서부 대평원을 황진지대(黃塵地帶, Dust Bowl)로 만든 모래 폭풍 현상이 없었더라면 이 뛰어난 소설은 쓰여지지 않았을 것이다.

지각심리학은 인간의 지각이나 상상 행위에 작용하는 '원소적 바탕(the elemental background)'을 주목해 왔다. 인간의 세계 체험에서 가장 중요한 바탕을 이루는 것은 하늘, 대지, 비, 눈, 햇빛과 같은 원소적 현상이다. 이런 근원적 체험은 기억 속에 저장되어 인식과 상상력의 바탕으로 작용한다. 근대 서양의 풍경화는 회화적 상상력에서 이런 원소적 바탕이 얼마나 중요한 것인지를 극명히 보여주는 사례이다. 원소적 체험을 근대 풍경화를 창출한 회화적 상상력으로 전환시키는 결정적인 계기를 제공한 인물이 바로 근대 기상학의 아버지 루크 하워드(Luke Howard)였다. 1801년에서 1841년까지 런던의 기상 상태를 꼼꼼히 기록함으로써 기상학의 정초를 마련한 하워드는 무정형의 구름을 린네의 식물 분류법을 원용하

존 컨스터블, 「햄프스테드에서의 구름 탐구」, 1821

여 오늘날 우리가 알고 있는 난운, 층운, 적운, 권운 등으로 분류하였다. 그의 구름 분류 덕분에 풍경화가 컨스터블(John Constable)은 구름 낀 풍경을 화폭에 재현할 수 있었고, 괴테를 통해 하워드의 「구름의 변형에 관하여」라는 글을 접한 1820년대의 독일 드레스덴파 화가들 역시 풍경화의 세계를 새롭게 열어 나갈 수 있었으며, 러스킨(John Ruskin)은 이를 길잡이로 근대 풍경화 이론을 정립할 수 있었다. 낭만주의 시인 셸리(Percy B. Shelley)가 1820년에 발표한 「구름」이라는 시도 기상학적 비전이 두드러진 작품이다.

> 나는 목마른 꽃들에게 시원한 소나기를 가져다줍니다.
> 바다와 강으로부터,
> 나는 나뭇잎들이 한낮의 꿈에 젖어 있을 때
> 어스름 그늘을 제공해줍니다.
> 나의 날개로부터 이슬방울이 떨어집니다.
> 향긋한 꽃봉오리를 하나하나 깨우는,
> 마치 태양을 향해 춤을 추듯이
> 어머니의 가슴 속에서 안식을 취하며 흔들거릴 때,
> 나는 쏟아지는 우박의 도리깨를 휘둘러
> 푸른 초원 아래를 하얗게 만들어버립니다.
> 그런 다음 그것을 다시 비로 녹여버리고
> 천둥 속을 지나면서 웃음을 터뜨립니다.

모두 6연으로 구성된 시의 첫 연인데 시인은 구름의 다양한 모습과 기능, 그리고 액체에서 수증기로 변했다가 다시 비가 되어 떨어지는 그것의 순환상을 의인화시켜 형상화하고 있다.

기상학적 비전은 이처럼 문학과 예술 창조를 자극하는 중요한 원천이었다. 기상이변이 일상화된 오늘날에 그 자극은 더더욱 강렬해진 듯하다. 근래에 생태계 붕괴나 종말론적 상황을 소재로 한 영화나 소설이 부쩍 눈에 띄고 있기 때문이다.

9 허클베리 핀의 결단과 인류의 미래

마크 트웨인의 『허클베리 핀의 모험』은 백인 소년 허클베리 핀과 흑인 노예 짐 사이에 인종과 연령을 초월하여 싹튼 우의와 인간애가 돋보이는 작품이다. 이 소설에서 내게 가장 인상적인 장면은 소설의 후반 제31장에서 헉이 왓슨 부인에게 그녀의 노예인 짐의 소재를 알리는 편지를 썼다가 고민 끝에 그것을 결국 찢어버리는 대목이다. 짐의 도피 행각을 방조함으로써 왓슨 부인에게 본의 아니게 재산상의 손실을 입혔다는 양심의 가책으로 번민한 끝이었다.

> 나는 편지를 집어 손에 쥐었습니다. 몸이 부들부들 떨렸습니다. 둘 중에서 어느 하나를 결정하지 않으면 안 되었고, 어느 쪽으로 할 것인지 알고 있었기 때문이었습니다. 나는 숨을 죽이고 잠시 생각한 끝에 이렇게 중얼거렸습니다.
>
> "좋아, 난 지옥으로 가자."

그리고는 편지를 부욱 찢어버렸습니다.

주목되는 것은 헉이 짐의 소재를 왓슨 부인에게 알려서 짐을 되찾을 수 있도록 해주는 것이 사회적으로나 윤리적으로 마땅한 일이고 그렇게 하지 않으면 하나님의 노여움을 사서 결국 지옥에 떨어지는 징벌을 받을 것이라고 확신하고 있다는 점이다. 헉의 이런 생각은 오늘의 관점에서 보면 경직된 것으로 혹은 비윤리적인 것으로까지 비칠지 모른다. 하지만 흑인 노예를 동류 인간이라기보다는 재산으로 간주하여 물건처럼 사고팔았던 노예제 사회에서 성장한 헉으로서는 그렇게 생각하는 것이 너무나 당연한 일이다. 요컨대 짐을 고변하는 것이 양심이나 종교적 신념의 견지에서 올바른 일이라고 헉은 철석같이 믿었고 그렇기 때문에 주정뱅이 아버지에게서 도망쳐 나온 후 짐을 만나서 함께 뗏목을 타고 미시시피강을 따라 내려가며 행한 여러 가지 일들이 잘못된 것이고 이를 하나님이 하늘에서 죽 지켜보았으니 큰 징벌을 내릴 것이라는 공포감에 전율했던 것이다.

다시 강조하지만, 헉의 결단은 이런 공포감 속에서 내려진 것이다. 그는 하나님의 진노를 사서 지옥에 갈지언정 짐을 고변하여 그를 다시금 노예생활의 질곡으로 몰아넣을 수는 없다는 생각을 떨쳐버릴 수 없었다. 그것은 실로 이념에 대한 인간애의 승리라 할 것이다. 이 순간 헉은 19세기 중엽의 '미국인'이기에 앞서 한 사람의 '인간'으로 우뚝 선 것이다. 몇 년 전 미국의 한 연구재단에서 지식인 100명에게 인류의 미래상에 대해 낙관하는지, 낙관한다면 근거가 무엇인지를 질문한 적이 있다. 그중의 한 사람은 인류가 전례 없는 위험에 직면해 있지만 바로 이 대목의 허클베리 핀이 인간 본성의 한 전형을 표상한다고 믿기 때문에 인간 사회가 보다 나은 쪽으로 진보해갈 것으로 전망한다고 대답했다. 나 역시 이에 동조하며 인류의 밝은 미래에 한 표를 던지고 싶다.

역사는 이념의 이름으로 수많은 사람들이 단죄되고 처단되었음을 증언하고 있다. 기독교의 전 역사를 통해 이단으로 혹은 마녀로 몰려 처형된 수많은 사람들, 영국의 시민혁명, 프랑스 혁명, 러시아 혁명이 내건 정치적 대의의 기치 아래 살해된 허다한 사람들, 그리고 근래의 크고 작은 인종적·종교적 갈등으로 죽은 무수한 사람들 – 이들은 모두 이념의 희생자들이다. 실로 이념의 역사는 피비린내 나는 유혈의 역사이다. 우리의 동족상잔의 비극 또한 이념의 갈등이 빚어낸 것이다. 그로 인해 막대한 희생을 치렀음에도 불구하고 그것은 여전히 현재진행형으로 우리 사회의 갈등과 분열, 불신과 반목의 골을 깊게 하고 있다.

그러나 그 어떤 이념이든 그것이 과연 한 인간의 생명과 맞바꿀 만한 가치가 있는 것일까? 수많은 생명을 희생의 제물로 요구한 역사의 제 이념들은 거의 언제나 보다 나은 삶의 건설을 표방해 왔다. 그러나 인간의 유일무이한 생명을 가볍게 여기는 이념에 선도되는 사회는 그 어떤 경우라도 지향할 만한 사회라고 할 수는 없다. 알베르 카뮈는 노벨상 수상 연설에서 이렇게 말했다. "나는 정의를 사랑한다. 그러나 그 정의가 나의 어머니에게 총을 겨눈다면 나는 어머니 편을 들겠다." 카뮈는 인간다운 삶을 표방한 이념이 바로 그 '인간다움'을 유린하고 맹목적으로 돌진하는 상황을 우려한 것이리라. 그러나 유감스럽게도 우리는 국내외를 막론하고 사회의 도처에서 이념이 삶의 한 원리로서가 아니라 절대적 지평으로 군림하여 선택의 여지를 봉쇄하고 있는 상황을 빈번하게 목도하고 있다.

그리하여 다시금 헉의 결단은 돋보인다. 교육도 제대로 받은 바 없는 14세에 불과한 소년이 사회적 통념의 압력에서 벗어나 어떻게 인간애를 수호하는 편에 설 수 있었는가? 짐을 노예 상태로 되돌아가게 할 수 없다는 그 내면적 성숙은 어떻게 얻어진 것인가? 그것은 물론 짐과 함께 뗏목을 타고 미시시피강을 따라 남쪽으로 내려가면서 겪은 갖가지 체험의 소산이다. 여행은 인생 공부를 위한 훌륭한 학교라는 옛말 그대로이다. 사실 헉은 여로에서 강도, 사기꾼, 술주정뱅이, 살인자, 노예사냥꾼, 서커스단 등 온갖 부류의 인간 군상과 조우하고 이들이 벌이는 삶의 갖가지 작태를 지켜보기도 하고 거기에 휘말리기도 한다. 그는 그 과정에서 인간의 허세와 이기심, 탐욕과 악의, 질시와 증오가 어떤 것인지, 그것이 어떻게 개개인의 삶은 물론 사회 전체를 얼크러지게 만드는지를 지켜보았다. 그중에서도 특히 술주정하는 노인을 냉혹하게 살해하는 셔번 대령이나 사소한 일로 서로 죽고 죽이는 반목을 거듭해온 그랜저포드 가와 셰퍼드슨 가의 행태를 지켜보면서 명예와 전통 혹은 화석화된 명분에 대한 집착이 맹목적 폭력을 불러온다는 것을 절감한다. 이런 사회적 병리 현상이 곧 스스로를 왕과 공작이라고 사칭하는 사기꾼들이 활개칠 수 있는 온상이 되고 있다는 통찰은 헉의 인생 수업을 지켜보는 독자들이 거둬들이는 낙수(落穗)의 하나일 것이다.

이것이 물론 전부는 아니다. 헉의 인간적 성숙은 어둠의 비리를 반면교사로 삼은 것 못지않게 부드러움의 힘 덕분이기도 하다. 헉은 뗏목에서 짐과 함께 생활하면서 흑인도 백인과 다를 바 없이 희로애락을 지닌 한 인간이고 따라서 그가 짐승과 같은 노예 생활을 박차고 자유를 찾아 나선 것이 온당하다는 것을 서서히 깨달아 간다. 자신을 매질하고 구박하고 감금을 일삼았던 술주정뱅이 아버지와 달리 두고 온 자식들을 한시도 잊지 않고 그들에게 자유를 찾아줄 방도를 되뇌는 짐의 따뜻한 부성애 또한 그의 마음을 훈훈하게 적시는 물결이었다. 헉은 어느 날 물살이 급한 물목에서 카누를 타고 연안으로 가려다가 안개 때문에 강을 한참 헤맨 끝에 가까스로 뗏목을 되찾게 되었을 때 자신의 안위를 진심으로 염려해준 짐의 모습을 보고 그를 마음속에서 아버지와 같은 존재로 받아들이게 된다. 더불어 흑인을 열등한 족속으로 비하하면서 희롱과 모멸의 대상으로 여겨온 고정관념도 헉의 의식 속에서 허물어져 간다. 짐의 따뜻한 심성은 소설의 끝에서 톰이 짐의 자유를 저당 잡혀 꾸며낸 장난질의 와중에서 동네 사람들의 총을 맞는 자승자박의 부상으로 생명이 위태로워졌을 때, 자신의 자유를 포기하고 그를 헌신적으로 간호하여 살려내는 데서도 재확인되지만, 노예로서 밑바닥 삶을 살아오면서도 간직해온 짐의 따뜻한 인간애는 이렇게 헉의 성숙을 도운 하나의 밑거름이 되었다.

헉의 인생 교육에서 또 하나 빠뜨릴 수 없는 것이 자연과의 만

별빛이 찬란한 밤에 뗏목을 타고 미시시피강을 따라 내려가면서
헉과 짐은 잠시 자연에 대한 외경심에 젖어 숙연해진다.

남이다. 헉은 뗏목을 타고 미시시피강을 따라 내려가면서 자연의 장엄한 아름다움에 눈뜬다. 뗏목을 강물의 흐름에 내맡겨두고 무애의 삶을 즐기는 가운데 헉은 처음으로 참다운 의미에서 자연과의 교감을 맛본다.

> 이틀째 되던 날 밤 우리들은 시속 4마일이 넘는 흐름을 타고 일곱, 여덟 시간 동안 강을 따라 내려갔습니다. 우리들은 고기를 낚고, 얘기도 나누고, 때때로 졸음을 쫓기 위해 헤엄도 쳤습니다. 벌렁 누워서 하늘의 별을 바라보면서 유유히 흐르는 큰 강을 떠내려가는 것엔 일종의 엄숙함마저 감돌았습니다. 커다란 목소리로 지껄이고 싶은 마음도 없어지고, 크게 웃을 일도 없어서 다만 이따금씩 나지막한 소리로 낄낄대는 정도였지요.

여기에 묘사된 별빛 찬란한 밤의 미시시피강은 세속을 벗어난 시원적인 자연의 모습이다. 그것은 인간을 포함하여 삼라만상을 껴안고 있는 장엄한 대자연의 표상이다. 이 광활한 자연 속에서 인간은 외경심으로 자신도 모르게 마음이 숙연해진다. 장엄한 자연의 질서 앞에서 인간의 언어도 무용지물이 된다. 헉과 짐은 입을 다물고 언어로 표현될 수 없는 자연의 소리에 귀를 기울일 뿐이다. 그들에게 속삭이는 자연의 언어는, 비평가 힐리스 밀러(J. Hillis Miller)의 인상적인 표현 그대로, 선한 사회에도 악한 사회에도 속하지 않는 제3의 언어, 곧 거속(去俗)의 정신에게만 들리는 고독의 언어이다.

레비나스(Emmanuel Levinas) 식으로 말하여 이런 존재자 없는 존재의 세계, 비인격적이고 익명적인 세계와의 대면이 헉의 각성을 이끌어낸 마중물이었던 것이다. 별빛이 반짝이는 고요한 강상에서 헉은 인간의 마음을 붙잡고 있는 이런저런 고리들이 모두 하찮은 집착에 불과하다는 것을 느낀다. 그는 자연과의 교감을 통해 잔혹한 노예제를 정당화하고 그 비인간적 현실을 호도해온 거짓된 이념의 세계, 탐욕과 이기심으로 얼룩진 배금주의의 사회로부터 벗어나 본래적 인간의 모습으로 돌아간다. 그가 몸담아 왔던 사회로부터 비껴선 또 다른 세계의 가능성을 마음으로 느끼고 확인하면서 헉은 인간과 사회를 보는 새로운 눈을 갖게 된다. 이 새로운 눈이 소설의 말미에서 헉으로 하여금 또 다시 서부로 출분하게 만드는 동인이 되기도 하지만 그것은 근본적으로 현실 도피적이라기보다는 삶의 지평을 확대하는 것으로 드러난다.

마음의 진실과 사회적 요구 사이에서 번민하다가 전자를 택해 짐을 구하기로 결심하는 데서 헉의 내면적 성숙이 드러나지만 그 성숙의 본질이 뚜렷이 감지되는 것은 그가 사기극을 벌이다 들통이 난 왕과 공작을 마을 사람들이 붙잡아 징벌할 작정인 것을 알고서 그들에게 피신할 것을 귀띔해주기 위해 야밤에 펠프스 농장을 나서는 대목에서이다. 헉은 이들이 뗏목에 편승한 이후 내내 이들에게 시달려 왔고 그 탐욕과 줄기찬 사기 행각에 진저리가 났지만 그래도 마을 사람들에게 가혹한 린치를 당할 것을 생각하니 이들에 대한 연민의 정 때문에 방관할 수가 없었던 것이다. 고통당하는 사람에 대한 연민, 이 측은지심이야말로 헉이 도달한 내면적 성숙의 핵심이다. 그러나 사기꾼인 왕과 공작에 대한 헉의 연민을 단순히 여린 마음의 감상적 반응으로 오해해서는 안 된다. 헉도 그들이 죗값을 받아야 된다고 생각한다. 그들의 악행을 저지하는 데 그 자신이 일조하는 것으로도 그 점을 알 수 있다. 헉의 연민은 궁극적으로 사기극을 벌인 왕과 공작 못지않게 그들을 징죄하는 군중의 폭력성을 인지한 데서 비롯된다.

군중의 폭력성은 맹목의 집단 심리에서 비롯된다. 누군가의 선동에 휘말려 집단적 린치에 가담하는 군중의 행태는 이념의 포로가 되어 그것에 맹목적으로 집착하는 태도와 다를 게 없다. 이 점에서 이 소설이 묘사하고 있는 미시시피강 연안 남부 사회의 군중들은 노예제를 정당화하는 이념에 사로잡혀 흑인에 온정적인 사람들을 찾아 린치를 가한 KKK단을 연상시킨다. 다시 말해 그들은 이념에 사로잡혀 사회의 현상적 질서를 맹목으로 고수하고자 하는 당대의 병든 미국 사회의 제유이기도 하다. 사회적 통념에 맞서 짐이 자유를 쟁취하도록 도와주는 편에 선 후 헉은 대부분의 주변 사람들이 일면 선량하나 다른 한 면으로는 비정하다는 것을, 그럼에도 불구하고 그런 양면성을 인식하고 있지 못하다는 것을 발견한다. 예컨대 펠프스 농장의 샐리 아주머니는 사슬에 묶인 채 갇혀 있는 짐이 식사를 했는지 여부를 자상하게 살피지만 그를 사슬에 묶어두는 행위의 잔인성은 전혀 느끼지 못한다. 헉은 어쩌면 사회 일반의 양식과 윤리 체계의 정당성에 대해 짙은 의구심을 가지면서 왕과 공작을 돌로 칠 자격이 있는 의인은 어디에도 없다는 생각을 했는지도 모른다.

혁이 느낀 측은지심이 이런 무거운 마음의 회로에서 배태되었는지 확인할 수는 없으나 아무튼 그는 인간 일반의 근본적 한계에 대해 실망하고 병든 문명에 대해 환멸을 느낄 수도 있는 상황에서 냉소주의나 수수방관적 태도로 빠지지 않는다. 인간의 천박함과 사악을 말하기는 쉬운 일이다. 그러면서도 인간에 대해 연민의 정을 간직한다는 것은 쉽지 않은 일이다. 여기에 혁이 도달한 성숙의 높이가 있다. 그리고 그 밑바탕에는 사회의 진보가 휘황한 이념의 계도 하에 일거에 이룰 수 있는 것이 아니라 측은지심이 내포하고 있는 따뜻한 인간애의 확산을 바탕으로 개개인의 작은 노력이 쌓여야만 가능하다는 깨달음도 깃들어 있다. 맹자는 일찍이 인을 통하여 인간관계를 정립하고, 의를 통하여 사회의 공동선을 추구하며, 예를 통하여 사회의 조화를 이루고, 지를 통하여 삶의 목표를 탐구해야 한다는 점을 밝히면서 그중에서 측은지심의 발로인 인이 으뜸가는 덕이라고 말했다.

혁은 여행을 통해서 이렇게 자신과 사회에 대한 깊은 통찰력을 가진 성숙한 인물로 성장한다. 펠프스 농장에 갇혀 있는 짐을 구출하기로 작정을 한 그는 세인트피터스버그에서 이야기책에 나오는 강도 놀이의 재현을 즐기던 톰의 패거리로서의 혁이 아닌 것이다. 그가 주어진 이념의 벽을 넘어서 마음의 진실을 삶의 길잡이로 선택할 수 있었던 궁극적 이유로 그가 아직 세속에 물들지 않은 순진한 소년이라는 점이 종종 거론되어 왔다. 그러나 그의 순진성은 지극히 작은 몫을 차지할 뿐이다. 그보다는 그가 주변적 삶을 살아온 타자적 존재라는 사실이 훨씬 중요하다. 그는 술주정뱅이 아버지 밑에서 자라다가 그마저 여의치 않자 이 집 저 집을 떠돌며 고단한 생활을 해 왔다. 이런 변두리의 삶을 살면서 헉은 어린 나이이지만 이미 가난과 삶의 고달픔 그리고 생사의 고통을 마음 깊이 체험했다. 이런 마음의 체험이 있었기에 자유에 대한 짐의 갈구를 이해하고 린치를 당할 왕과 공작의 처지에 동정을 느낄 수 있었던 것이다. 헤밍웨이는 진실로 사악한 것은 순진함에서 출발한다고 쓴 적이 있다. 이는 짐이 이미 자유의 몸이 된 것을 알면서도 그것을 숨기고 그의 자유를 담보 삼아 온갖 놀이를 꾸며댄 톰의 경우에 딱 들어맞는 말이다. 유소년기의 순진성이란 나 이외의 세계와 타인의 존재를 알지 못하는 자기동일성과 다름없다. 헉의 성숙됨은 이런 협량한 순진성의 세계와는 거리가 멀다.

주지하듯 성, 인종, 계급을 인식의 잣대로 삼아온 현금의 사회이론은 인간을 이데올로기에 의해 주형되는 피동적 존재로 파악해 왔다. 물론 대부분의 인간은 자신이 속한 집단과 종족의 테두리 안에서 생각하고 행동한다. 그러나 이 소설에서 헉이 일깨우듯이 자신을 주형한 이데올로기의 좌표 밖으로 나가볼 수 있는 것도 또한 인간이다. 막스 베버(Max Weber)는 인간을 자신이 직조한 망에 걸려 있는 거미로 비유한 바 있다. 인간은 의미의 망 안에 존재하지만, 또한 그 의미의 망을 만들어가는 존재이기도 하다. 문화가 시대적 이념의 표현임을 부인할 수는 없다. 그러나 역사의 발전과 문화의 창조도 필경 개인의 주체적 역량과 결단에서 첫걸음이 시작된다는 점도 소홀히 여겨서는 안 된다. 이 또한 헉의 윤리적 결단의 의미를 헤아려 보며 덧붙여 떠오른 생각이다.

제 4 부

풍경과 마음

1 우 보 천 리

금년은 기축년, 소의 해입니다. 해가 바뀌는 것을 친근한 동물에 의탁하여 실감하고자 한 것은 삶의 한 지혜입니다. 세세년년, 그 해의 동물을 헤아려보고 그 자질 중 취할 것은 취하고, 경계할 것은 경계하고, 버릴 것은 버리는 마음가짐으로 한 해의 삶을 설계하라는 뜻일 것입니다. 그러므로 12지지(地支) 띠 동물들을 모두 모아 놓으면 그대로 삶의 전체상이라 할 만한 것입니다. 그것은 동양인이 상상한 세계의 한 모습입니다.

소의 이미지야 다양하겠지만 소의 해를 맞는 새 아침 우보천리(牛步千里)라는 말이 맨 먼저 떠올랐습니다. 소는 무엇보다 한눈 팔지 않고 제 할 일을 묵묵히 하는 동물로 비칩니다. 지긋한 인내와 한결같은 성실의 표상으로 소 이외의 다른 동물을 생각할 수 없습니다. 느리더라도 한 걸음 한 걸음 꾸준히 걷다 보면 언젠가는 천리 길에 이른다는 정신 때문입니다. 매사가 빠르지 않으면 견디지 못하는 조급증에 걸린 오늘의 세태에서 아쉽게도 이런 마음가짐은 점점 사라져 가고 있습니다. 그러나 고금의 위업치고 이런 마음의 자세에서 비롯되지 않은 것은 거의 없습니다. 피카소는 「아비뇽의 처녀」를 그리기 위해 그 밑그림을 800장이나 그렸습니다. 에디슨은 백열등을 발명하기까지 무려 1,200번의 실험을 했습니다. 우리의 자랑인 팔만대장경도 이름 없는 판각공들이 5,200만여 자에 이르는 글자 한 자 한 자를 한결같은 정성으로 새겨나갔기에 완성될 수 있었습니다. 추사체의 창안으로 동아시아에 '완당 바람'을 불러일으켰던 김정희는 일생 동안 벼루 열 개를 버렸고 붓 일천 자루가 해어지도록 글씨를 썼습니다. 모두 우보천리 정신의 소산입니다.

기왕 추사의 이야기가 나왔으니 난초 그리는 비결을 말한 그의 「사란결」(寫蘭訣)의 한 구절을 인용하겠습니다.

> 난초그림의 뛰어난 화품(畵品)이란 형사(形似)에 있는 것도 아니고 지름길이 있는 것도 아니다. 또 화법만 가지고 들어가는 것은 절대 금물이며, 많이 그린 후라야 가능하다. 당장에 부처를 이룰 수 없는 것이며 또 맨손으로 용을 잡으려 해서는 안 되는 것이다. 아무리 구천구백구십구분까지 이르렀다 해도 나머지 일분만은 원만하게 성취하기 어렵다. 이 마지막 일분은 웬만한 노력으로는 가능한 것이 아니다. 그렇다고 이것이 인력 밖에서 나오는 것도 아니다.

화품이란 고절한 인품과 끝없는 수련의 소산이라는 것입니다. 인품도 결국 수련의 과정에서 쌓이는 것이니 뛰어난 그림의 비결은 따로 있는 것이 아니고 오직 꾸준한 정진, 곧 우보천리의 정신 그것입니다. 추사는 특히 천의무봉(天衣無縫)의 경지에서 조금 모자라는 나머지 일분은 신기(神氣)의 도움 없이는 어렵다는 말을 하면서도 그마저도 지극한 수련으로 넘어설 수 있음을 강조하고 있습니다.

시성 이백(李白)에게도 비슷한 고사가 있습니다. 젊은 시절 산에 들어가 학문에 정진했던 이백은 몇 해 안 가서 더 이상 배울 것이 없다는 자만심에 학업을 그만두고 하산하기로 마음먹었습니다. 하산 길의 냇가에서 이백은 쇠절구공이를 숫돌에 갈고 있는 한 노파를 만나게 됩니다. 이백이 기이하게 여겨 그 이유를 물었더니 노파는 쇠절구공이를 갈아 바늘을 만들고 있다고 대답했습니다. 이에 크게 깨달아 이백은 발길을 돌려 다시 산으로 돌아갔고 학업에 매진하여 결국 시인으로 대성하게 되었습니다.

비슷한 이야기가 일본에도 있습니다. 헤이안 시대의 명필로 일본 서예의 기초를 정립한 오노 도후(小野道風)의 이야기입니다. 그는 소싯적에 서예 공부에 매달렸으나 큰 진전이 없자 서예를 그만둘 생각까지 할 정도로 낙담한 적이 있었습니다. 비 내리는 어느 날, 오노는 울적한 심사를 달래기 위해 우산을 쓰고 밖으로 산책을 나왔다가 물이 불어난 개울에서 개구리 한 마리가 인근의 버드나무로 기어오르기 위해 발버둥 치는 것을 보게 되었습니다. 버드나무가 비에 젖어 미끄러웠기 때문에 개구리는 나무에 수없이 뛰어올랐으나 그때마다 미끄러져 물에 떠밀려가곤 했습니다. 그런데도 포기하지 않고 개구리는 끈질기게 뛰어오르기를 반복하여 마

이충렬 감독의 「워낭소리」 한 장면

침내 나무에 오르는 데 성공하는 것이었습니다. 그것을 지켜본 오노는 크게 깨달아 마음을 고쳐먹고 서도에 한층 더 정진하여 마침내 새로운 서체를 창안하여 일가를 이루게 됩니다. 화투의 12월 비광(光)의 삽화는 바로 이 일화를 담고 있습니다. 이백의 마철저(磨鐵杵) 고사나 오노의 일화는 천재도 결국 꾸준한 노력으로 만들어진다는 것을 다시금 상기시킵니다.

우보천리의 정신은 일념의 정신이기도 합니다. 그것은 낙숫물이 바위를 뚫을 것이라는 믿음으로 한 가지에 몰두하는 열정에 다름 아닙니다. 이 일념의 열정 앞에서는 시간의 유한성도 문제가 되지 않습니다. 매 순간 무엇인가를 일념으로 추구하다 보면 시간의 흐름은 어느새 잊혀지고 맙니다. 일념의 열정은 추구하는 목표에 대한 확고한 믿음을 낳고 이 믿음은 하루하루의 삶에 영원한 젊음의 생기를 불어 넣습니다. 우보천리의 길은 이렇게 시간을 넘어 영원으로 통하는 길이기도 합니다. 소로우의 『월든』에는 세상에서 가장 완벽하고 가장 아름다운 지팡이를 만들어 보겠다는 일념으로 그 일에 매달려 시간마저 초월해버린 한 장인(匠人)의 이야기가 소개되어 있습니다.

쿠우루라는 곳에 한 목공 장인이 살았습니다. 어느 날 그는 세상에서 가장 완벽한 지팡이를 만들기로 작정하고 나무 재목을 찾으러 숲으로 갔습니다. 훌륭한 지팡이를 만들려면 우선 재료가 좋아야 한다는 생각에서 그는 쓸 만한 나무를 구하느라 산지사방을 찾아 돌아다녔습니다. 어지간한 나무에는 성이 차지 않아 그가 계속 산야를 헤매니 함께 갔던 친구들도 모두 그 곁을 떠나버렸습니다. 그가 마침내 알맞은 재목을 찾아냈을 때 그의 고향 쿠우루는 폐허로 변한 지 오래였습니다. 그는 그 폐허의 언덕에서 지팡이를 깎기 시작했습니다. 지팡이의 모양이 갖추어지기 전에 쿠우루를 관장하던 왕조가 멸망했습니다. 그는 계속해서 일을 해나갔습니다. 그가 지팡이 끝에 쇠붙이를 붙이고 보석으로 장식된 손잡이 부분을 달았을 때, 그 사이 브라마 신은 수없이 잠들었다가 깨어나곤 했습니다. 수십억 년이 지난 것입니다. 그가 마침내 지팡이를 완성했을 때 그것은 브라마 신의 창조물 가운데에서 가장 아름다운 것으로 판명되었습니다. 그가 지팡이를 만드는 가운데 자신도 모르게 새로운 체계, 충만하고 균형 잡힌 새로운 체계를 만들어낸 것입니다. 그 결과 옛 도시가 폐허가 되고 왕조들이 멸망했지만, 그의 주위에는 이전보다 더 아름다운 도시와 왕조들이 들어서 있었습니다.

이 우화는 여러 가지를 시사합니다. 일념의 노력은 삶의 유한성을 초극하는 방편이 될 수 있다는 말씀을 앞서 드렸습니다. 거기에 더하여 그것이 완벽한 아름다움의 창조로 발양될 때, 그것은 개인적인 차원을 넘어서서 새로운 삶의 방식을 만들어낼 수 있다는 것을 말하기도 합니다. 아름다움에 대한 갈구가 또 다른 아름다움을 만들어가는 것이지요. 그리하여 삶의 바탕이 바뀌고 그것을 토대로 새로운 사회가 형성되는 것입니다. 그러나 이런 변화가 강요나 설유의 방식으로 일어나는 것은 아닙니다. 부지불식간의 수용이고 자발적인 확산인 것입니다. 아름다움을 추구하는 마음이 지극하게 되면 집념은 어느새 무심한 삶의 리듬으로 바뀝니다. 이 무심함,

곧 방하착(放下着)의 마음이 오히려 사람들의 마음을 움직이는 교화의 원천이 되는 것입니다. 우보천리가 내포하고 있는 뜻에서 이 무심함의 힘 아닌 힘을 빼놓을 수는 없을 것입니다.

춘원(春園)은 일찍이 「우덕송」(牛德頌)이라는 글에서 소는 사람이 동물성을 버리고 신성에 도달하기 위해서 가장 본받을 만한 교사라고 칭송했습니다. 요설(饒舌)과 작위(作爲)가 난무하는 세상에서 우보천리의 권화로서 소를 헤아려 본다면 과찬이라고만 할 수 없겠지요. 소의 해를 맞아 소의 품성에 의탁하여 몇 가지 감회를 말씀드렸습니다. 소의 덕성에 대해서 이미 많은 분들이 상찬을 거듭해 와서 진부한 이야기가 되어버린 감이 없지 않습니다. 우리가 걷는 학문의 길은 쉽지 않은 길입니다. 그 역시 우보천리의 정신이 없이는 지속하기 힘든 일입니다. 아무튼 소의 덕성을 본받으며 각자의 공부에서 금년 한 해 큰 성취 있기를 빕니다.

2 아들에게 주는 편지

강(岡)아! 개나리가 만발한 어느 봄날 아빠를 뒤좇아 온다고 갓 배운 걸음마로 아파트 구내를 아장아장 달려오던 네 모습이 아직도 눈에 선한데, 네가 어느 틈에 훌쩍 커서 중학생이 되었구나. 아직 아빠보다는 작지만 엄마를 내려다볼 정도로 키가 큰 너를 보면서 아빠는 대견하고 흐뭇한 마음을 금할 수 없다. 아빠는 물론 네 외형적인 모습만을 보고 이렇게 느끼는 것은 아니다. 아빠가 책을 읽다가 깜박 잠이 드는 경우 아빠의 안경을 벗겨서 머리맡에 놓아두고 스탠드의 불을 끄고 조용히 문을 닫고 나가는 네 뒷모습을 보면서, 엄마가 힘든 기색이면 하던 일을 제쳐 놓고 엄마 일을 거들어 주면서 이것저것 재미있는 이야기로 엄마의 기분을 전환시키기 위해 애쓰는 너를 보면서, 또는 몰려오는 졸음을 참으면서 밤을 새워 숙제를 하는 너를 지켜보면서, 아빠는 네 정신의 키도 역시 많이 자랐다는 것을 새삼 느낀다.

하루가 다르게 의젓해지는 너의 모습을 보면서 아빠는 내색은

윈슬로 호머, 「풀밭 위의 소년」, 1874
풀밭 위에 앉아 있는 두 소년의 눈에는 호기심과 꿈이 서려 있다.

하지 않지만, 정말 흐뭇하고 감사한 마음을 갖는다. 사실 아빠가 산책 나갈 때 너에게 같이 가자고 이따금 청하는 것도 바로 이런 마음이 진하게 전해오는 경우이다. 너와 함께 걸으면서 이런저런 이야기를 나누는 것만으로도 아빠는 여간 즐겁지가 않단다. 그래서 네가 거절할 것을 뻔히 알면서도 아빠는 산책 나갈 때마다 너에게 동행을 요청하곤 하는 것이다. 사실 아빠는 너에게 들려주고 싶은 이야기가 많이 있다. 네가 몸과 마음이 다 같이 건강하게 잘 자라고 있지만, 달리는 말에 채찍질 한다고, 네가 보다 더 나은 삶을 살았으면 하는 바람이 있기 때문이다. 더구나 이제 해가 바뀌면 새로운 천년을 시작하는 21세기가 된다. 너희들이 주역이 될 21세기는 여러모로 지금과는 크게 다른 사회가 될 것이다. 그에 잘 대비할 수 있도록 이 기회에 아빠가 이제까지 살아오면서 경험하고 느낀 것을 토대로 몇 마디 조언을 하려고 한다.

너도 자주 들었겠지만 21세기는 정보와 지식이 폭발적으로 증가하는 시대가 될 것이다. 이런 시대를 성공적으로 살아가기 위해서는 무엇보다도 많은 지식과 폭넓은 교양을 갖추지 않으면 안 될 것이다. 지식과 교양을 넓히기 위해서는 책을 많이 읽어야 한다. 우리가 직접 체험을 통해 지식을 얻는 데는 한계가 있다. 우리는 독서를 통해 이런 한계를 넘어설 수 있다. 다른 사람이 쓴 책을 읽음으로써 우리는 아프리카의 밀림 속을 여행할 수도 있고, 히말라야 산에 산다는 기이한 설인과도 만날 수 있으며, 지구가 창백한 푸른 점으로 보이는 우주 공간을 유영할 수도 있다. 그래서 19세기 미국의 여류 시인 에밀리 디킨슨은 책을 세상을 마음대로 돌아다닐 수 있는 군함에 비유한 적이 있다. 그녀는 평생 자신이 태어난 고향땅을 떠나본 적이 없었지만 독서를 게을리하지 않았기 때문에 뛰어난 시를 남길 수 있었다.

또한 독서는 우리의 창의력과 상상력을 기를 수 있는 유력한 수단이다. 책을 읽으면서 우리는 책의 내용과 연관된 많은 것을 상상하게 되는데. 이렇게 반복되는 연상 작용을 통해 우리의 상상력과 창의력이 한결 풍부해지는 것이다. 지금 우리는 텔레비전, 비디오, 영화, 혹은 컴퓨터를 통해 무수한 이미지가 제공되는 시대에 살고 있다. 이런 영상 이미지들은 순간적으로 우리를 스치고 지나가기 때문에, 이들에 파묻히다 보면 우리는 자칫 사물을 관찰하고 생각하는 능력이 약화될 수 있다. 많은 사람들이 우려하는 대로 영상 이미지는 우리의 사고력과 상상력을 마비시킬 수 있는 것이다. 아빠가 너에게 책 목록을 작성하고 계획된 스케줄대로 책을 꾸준히 읽으라고 하는 이유도 거기에 있다. 책 읽기는 집중력을 길러주고 주의력을 증진시켜 준다. 책은 또한 나의 입장에서 벗어나 다른 사람의 자리에서 볼 수 있는 기회를 제공한다, 이런 의미에서 독서는 너그러운 마음의 훈련이라고 말한 철학자도 있단다.

강아! 아빠는 네가 공부를 열심히 하면서도, 스포츠, 연예, 음악, 역사 등 다양한 분야에 대해 관심을 가지고 있어서 참 다행이라고 생각한다. 이런 폭넓은 관심은 네가 장차 어른이 된 후에 네 삶을 한층 폭넓고 윤택하게 해 줄 것이다. 그런데 이런 관심사를 텔레비전이나 신문 혹은 만화를 통해서만 접하지 말고 책을 통해서 더욱 확장해 갔으면 하는 것이 아빠의 바람이다. 감수성이 예민한 네

나이의 책 읽기는 그 무엇과도 바꿀 수 없는 귀중한 것이기 때문에 아빠가 이처럼 거듭 역설하는 것이다.

엄마도 늘 말하는 것이지만, 아빠는 네가 유머 감각이 있고 남달리 정이 깊다는 걸 잘 알고, 또 그 점을 자랑스럽게 생각한다. 아빠는 사실 네가 무엇보다도 사려 깊고 따뜻한 마음씨를 가진 사람으로 자라기를 바랐다. 미래를 위하여 지식과 교양을 갖추는 것도 중요하지만 그보다 더 중요한 것은 남을 이해하고 존중할 수 있는 마음가짐이다. 타인에 대한 이해심과 동정심이 없다면, 아무리 재능이 뛰어나고 지식이 많다 하더라도 그 사람은 결코 훌륭한 사람이 될 수 없다. 그런 사람의 재능은 자칫 남에게 상처를 주고 사회에 해를 끼치는 방편이 될 수 있기 때문이다. 강아, 그러니 네 주변의 친구들이 혹시 실수나 잘못을 범하더라도 그것을 비난하고 조롱하기에 앞서 그들의 입장에 서서 그것을 헤아려보고 이해하는 마음을 갖도록 더욱 힘썼으면 좋겠구나. 남의 허물을 들추어내고 비판하기를 좋아하면 또한 스스로를 오만과 편견의 늪에 빠뜨려 결과적으로 자기 발전을 이룰 수 없게 된다. 앞서 말한 창의성도 결국 우리 주위의 사람과 사물에 대한 깊은 이해심 속에서 비로소 싹트는 것이다. 너그러운 마음을 가질 때 우리는 유연하고 열린 정신으로 사고할 수 있게 되고, 이런 가운데에서 비로소 사람들이 미처 생각하지 못했던 것을 생각할 수 있지 않겠니? 그래서 아빠는 네가 항상 겸손하고, 나보다 못한 사람을 동정하고 이해해 줄 수 있는 사람이 되었으면 한다.

남을 이해하고 존중하는 마음은 사람을 대할 때뿐만 아니라 모든 생명 있는 것들을 대할 때도 마찬가지로 가져야 한다. 아빠는 네가 우리 주위의 잘 알려진 꽃은 물론 나무와 이름 모를 풀들에 대해서도 보다 깊은 관심과 애정을 가졌으면 한다. 하찮게 보이는 풀 한 포기도 우리와 똑같은 생명체임을 깨닫고 이를 소중히 여겨야 한다. 아빠 연구실에는 손으로 만지면 불이 켜지는 스탠드가 있다. 얼마 전에 난에 물을 주기 위하여 난 화분을 들고 나오다가 난 줄기가 스탠드를 스치는 순간 불이 켜지는 것을 보고 아빠는 너무나 신기하여 반복해서 난 줄기로 불을 켜 본 적이 있다. 그 후 실험 삼아 밖에서 메마른 나뭇가지를 주워 와 스탠드에 대어 보았지만 불은 켜지지 않았다. 스탠드의 센서는 그 가냘픈 난도 우리와 똑같은 생명체임을 아빠에게 새삼 일깨워 주었다.

너도 알다시피 환경오염은 인류가 당면한 가장 심각한 문제이다. 환경문제를 해결하지 못하면 앞으로 지구에 큰 재앙이 닥칠지도 모른다. 사람들이 저마다 자연을 사랑하고 그 안의 모든 생명 있는 것들을 공경하는 마음을 가져야만 환경문제는 해결의 실마리를 찾을 수 있다. 어느 백인 인류학자가 멕시코의 한 인디언 마을로 연구차 답사를 갔다가 소박하면서도 정신적으로 여유 있고 편안하게 살아가는 인디언의 삶의 방식에 매료되어 인디언 노인 한 분에게 삶의 지혜를 배우기를 청하였다. 그러자 노인은 이 백인 학자를 들판으로 데리고 나가 한 포기의 잡초 앞에 세우고서 '나는 너보다 중요하지 않다'라는 말을 하루 온종일 외게 하였다는 글을 읽은 적이 있다. 이름 모를 들꽃이나 풀 한 포기를 소중하게 여기는 사람이라면 그는 분명 선한 사람일 것이다. 우리 사회가 이런 사람들로만 이루어진다면 환경오염은 물론이려니와 갈등이나 싸움도 없을 것이다. 그런 사람의 눈은 소박하면서도 자연이 일러주는 예지로 빛날 것이다. 강아! 아빠는 훗날 너의 모습이 이런 사람과 같기를 간절히 바란다. 학식이 깊으면서도 겸손하고, 나보다는 남을 먼저 생각할 줄 알고, 자연을 아끼고 사랑하는 사람이 되었으면 한다.

3 어느 봄날의 회상

덕수궁의 금아 선생님

어느 봄날이었다. 금아 피천득 선생님께서 좋아하시던 5월이었는지는 확실치 않지만 아무튼 그날의 봄 햇살이 따사로웠다는 것은 뚜렷이 기억에 남아 있다. 그때 나는 대학원을 갓 졸업하고 시내의 모 대학에 출강하고 있었는데, 강의를 마치고 나오다가 함께 출강하고 있던 L선배를 만났다. 그날따라 화사한 옷차림인 L선배는 덕수궁에서 선생님을 만나 뵙기로 약속이 되어 있으니 함께 가자고 했다. 선생님을 뵌 지 오래되어서 나는 주저 없이 따라 나섰다.

선생님은 예의 단정한 정장 차림에 봄 코트를 입고 계셨다. 내가 대학을 졸업한 해인 1974년에 선생님께서 정년보다 1년 앞서 명예퇴직을 하셨고 그 후로 뵙지 못한 채 5~6년의 세월이 흘렀으나 선생님은 강의실에서 뵙던 모습과 별반 다름이 없으셨다. 그날 선생님을 뵌 덕분에 나는 덕수궁 내정의 적요한 분위기—도심 속의 그 고요함, 시간의 흐름에서 비껴선 듯한 여유로움, 그리고 봄볕의 따사로움을 난생 처음 깊이 실감할 수 있었다. 이런저런 이야기를 나누며 덕수궁 경내를 산책하다가 우리는 좀 이른 저녁 식사를 하기로 하고 궁을 나와 인근의 식당으로 발걸음을 옮겼다. 선생님은 일본식 메밀국수, 곧 소바를 주문하셨고 우리도 선생님을 따라서 소바를 시켰던 것 같다. 국수를 드시면서 선생님은 대동아전쟁 때 동남아 지역에 파병되어 부상을 당한 일본 병사들 중 죽기 전의 소원으로 소바를 담가 먹는 국물 맛을 한 번만 더 맛보았으면 좋겠다고 말한 사람들이 있었다는 말씀을 하셨다.

그 뒤로 메밀국수를 먹을 때마다 선생님의 그 말씀이 생각났다. 아니 분망하고 각박한 일상에서 그날 누렸던 풍유(豊裕)의 시간이 그리울 때면 메밀국수를 찾았던 것 같다. 선생님은 비근한 일상사에도 인정과 애틋한 마음과 선미(禪味)가 깃들어 있을 수 있고 그런 삶의 작은 기미를 소중하게 여기는 삶이 인간다운 삶임을 일깨워주셨던 셈이다. 선생님이 「가구」라는 에세이에서 쓰신 그대로 세전지물이 소중한 것은 그것이 값비싸고 화려해서가 아니라 거기에 삶의 손때가 묻고 정이 배어 있기 때문인 것이다. 어지럽고 혼탁한 오늘날에 선생님의 순수하고 정직했던 삶이 하나의 사표 역할을 할 수 있었던 것도 바로 일상의 작은 일들을 소중히 여기고 그 속에서 아름다움과 진실을 추구하고자 하셨기 때문이라고 나는 생각한다.

선생님은 뛰어난 수필가로 또 시인으로 상찬되셨지만, 내게는 단아한 선비의 풍모가 먼저였다. 글로써 헤아리다가 선생님을 처음 뵙게 된 것은 입학시험을 치를 때였다. 놀랍게도 선생님께서 내가 시험을 치른 교실의 감독관으로 들어오셨던 것이다. 선생님은 그

때 한복을 입고 오셨다. 선생님은 별 말씀이 없이 조용히 시험지를 나눠주시고는 시험을 치르는 동안 내내 창문 밖을 이따금 바라보면서 생각에 잠겨 있는 모습이셨다. 시골에서 갓 올라온 촌놈인 나에게 한복을 입은 선생님의 그런 모습은 인자하고 단아한 시골 선비와 같은 풍모로 비쳤는데, 그런 선생님의 이미지가 긴장된 마음을 가라앉혀 주었던 것으로 기억된다.

대학에 입학한 후 강의실에서 직접 가르침을 받으면서 느낀 선생님의 모습도 이 첫인상에서 크게 벗어나지 않았던 것 같다. 바이런이나 셸리의 시를 강의하실 때 로맨티시스트로서의 선생님의 열정이 목소리에 묻어 있었지만 병으로 요절한 키츠나 아서 핼럼에 대한 테니슨의 추모의 시를 강독할 때는 물론 그 밖의 다른 많은 경우에 선생님께는 어떤 쓸쓸함 혹은 초연함이 늘 어른거리는 느낌이었다. 영시 강독 중에 선생님은 찰스 디킨스의 『데이비드 코퍼필드』 이야기를 이따금씩 간주곡처럼 들려주시곤 했다. 그것이 어려서 어머님을 여읜 당신의 이야기라는 것을 훗날 「그날」을 비롯한 선생님의 에세이를 읽고 나서야 알았다. 조실부모하고 일제 치하의 신산한 세월을 살아오셨지만 선생님에게서는 그런 굴곡진 삶의 흔적이 거의 느껴지지 않는다. 내가 대학 시절에 언뜻 느낀 우수의 그림자가 그 편린이라면 편린이겠으나 그것은 오히려 삶의 비애를 극기와 절제로 승화해 오신 표징이라고 보는 것이 옳을 것이다.

선생님이 살아오신 험한 시대를 생각한다면 그 트레이드마크와도 같은 순수함과 어린애다운 천진성은 놀랍고 불가사의하기조차 한 것이다. 그 역시 천성적인 것이라기보다는 낭만주의자들이 말하는 제2의 천진성에 가까운 것이라고 말하는 것이 온당하다. 그것은 많은 시련과 고통을 겪으면서 그것에 단련된 나머지 그 질곡에서 벗어난 정신에게 찾아오는 명징함 같은 것이다. 요컨대 선생님의 천진성은 체화된 절제의 소산인 것이다. 선생님의 시 「제2악장」은 그래서 눈에 띄는 작품이다.

모차르트 피아노 협주곡 제2 악장
베토벤 운명 교향곡 제2 악장
브람스 2 중협주곡 제2 악장
차이코프스키 현악4 중주 제2 악장
그리고
비올라
알토는
나의 사랑입니다.

서양음악의 형식에서 대개 제1악장은 빠르고, 격정적이고, 때로는 웅장하게 선율의 문을 연다. 그러나 제2악장은 도입의 흥분이 가라앉으면서 차분하고, 느리고, 명상적인 경우가 많다. 시가 예거하고 있는 「운명」 교향곡을 생각해보라. 그 2악장은 폭풍이 지나고 간 다음에 구름 사이로 비치는 햇살처럼 맑고 평온하지 않은가. 선생님의 삶과 문학 자체가 바로 이런 제2악장과 같은 것이다.

선생님의 수필도 그렇지만 특히 시에서 가장 눈에 띄는 특징은 견인주의자에 가까운 언어절약과 절제된 형식이다. 선생님의 시어는 평명하면서도 고도로 응축되어 있고, 이미지는 선명하면서 정확하기 이를 데 없다. 뿐만 아니라 선생님의 시는 거의가 짧은 단시이다. 그렇다고 그 메시지가 단순한 것은 결코 아니다. 거기에는 삶에 대한 깊은 통찰과 오랜 마음의 수양에서 비롯되는 예지가 번뜩이고 있다. 선생님의 문학 세계를 특징짓는 그 심오한 단순성도 결국 내면화된 절제의 생활 철학에서 비롯된 것으로 짐작된다. 그런 의미에서 선생님은 문인이기에 앞서 곧은 선비셨다.

선생님의 문학은 작품 활동이 거의 중단된 만년에 이르러 오히려 더욱 주목 받았다. 그것은 세속의 명리를 당신이 갈구해서가 아니라 세상이 너무나 혼탁해져서 산간의 계류처럼 정갈한 그 인품과 문학 세계가 홀로 빛나 보였기 때문일 것이다. 선생님의 문학은 영문학을 비롯한 서양 문학과 그 문화 전통에서 얻은 자양으로 더욱 풍요해진 것이 사실이지만 그 본바탕은 동양적 선비 정신이라고 해야 할 것이다. 선생님께 문학은 근본적으로 마음을 닦고 다스리는 방편, 곧 수기지학(修己之學)의 길이었다고 생각된다. 선생님 만년의 대중적 인기나 인촌상 수상과 같은 사회적 영예도 실용 일색의 세태에서 그런 마음가짐이 돋보이고 귀한 것으로 인정되었기 때문일 것이다. 1999년 선생님이 '자랑스러운 서울대인상'을 수상하셨을 때 마침 학과의 일을 맡고 있던 나는 조촐한 축하의 자리를 마련하고 모두(冒頭)의 인사말에서 그 수상 의의를 이런 취지로 말씀드렸었는데 참석했던 다른 분들도 공감했던 기억이 난다.

조선 후기의 학자 이덕무는 날로 혼탁해지는 당대의 세태에서 선비의 역할을 강조하고 그 품성으로 온순 단아(溫雅)하고, 맑고 깨끗(皎潔)하며, 면밀하고 민첩(精敏)하며, 관대하고 너른 마음(寬博)을 꼽은 바 있다. 선생님의 수필론으로 널리 알려진 「수필」을 음미하며 읽어보면 수필이 지향해야 할 바가 바로 이덕무가 말한 선비가 갖춰야 할 품성과 거의 일치한다는 것을 알 수 있다. 먼저 "수필의 색깔은 황홀 찬란하거나 진하지 아니하며, 검거나 희지 않고 퇴락하여 추하지 않고, 언제나 온아우미하다"고 밝힌 대목은 선비가 온아해야 함을 말한 것에 상응한다. 수필을 난, 학, 그리고 청초하고 몸맵시 날렵한 여인으로 비유하고, 이어서 그런 여인이 걸어가는 "숲 속으로 난 고요하고 평탄한 길"이라고 쓴 글의 첫머리는 선비의 고결성에 견주어 봄직한 대목이다. 또한 수필은 "한가하면서도 나태하지 아니하고, 속박을 벗어나고서도 산만하지 않으며, 찬란하지 않고 우아하며 날카롭지 않으나 산뜻한 문학"이라고 규정한 구절은 선비의 정확하고 민첩한 면모에 대응한다고 할 수 있다. 마지막으로 수필의 재료로 "생활 경험, 자연 관찰, 또는 사회 현상에 대한 새로운 발견" 등 무엇이나 다 좋다고 말하면서, 수필의 행로는 어떤 방향으로든 가고 싶은 대로 가는 것이 허용된다고 한 대목은 선비의 관대하고 너른 마음과 통한다고 볼 수 있다. 이로 볼 때 선생님의 수필론은 바로 동양적 선비의 길, 군자의 도리를 풀어 쓴 것이나 진배없다.

언제부터인가 나는 가을이 오면 비원을 찾아서 그 호젓한 후원과 이어지는 숲으로 난 길을 연례행사처럼 한 번씩 걸어보고 있다. 그때마다 나는 선생님께서 바로 옆에서 함께 걷고 계신 듯한 느낌에 종종 젖는다. 선생님이 유독 덕수궁이나 비원과 같은 고궁을 즐겨 찾고 그 인상을 당신의 수필 이곳저곳에 남겨 놓은 것이 기억되었기 때문이다. 2000년 초 미국에서 연구년을 보내고 돌아오면서 자연을 주제로 한 음악들을 모아 놓은 테이프를 하나 사서 선생님께 선물해드린 적이 있었다. 선생님의 시와 수필이 예증하는 바이지만 선생님은 자연을 섬세한 안목으로 관찰했고, 그 아름다움을 남달리 사랑했던 분이다. 그 후 몇 차례 뵐 기회가 있었지만 테이프에 담긴 음악에 대해서 이렇다 할 말씀이 없으셨다. 아마 어떤 일을 하시더라도 거슬림이 없이 자연스러워지신 만년에 이르러 그런 음악이 선생님께는 새삼스러우셨는지도 모른다.

선생님은 오랜 교분을 나눠온 치옹 윤오영 선생이 타계한 후 그런 외우가 곁에 있었기에 속된 생각과 천한 행실을 삼가했었다고 추모하신 적이 있다. 이는 선생님께 그대로 해당되는 말이기도 하다. 우리 후학들이 방만해지기 쉬운 마음을 가다듬고 공구신독(恐懼愼獨)의 제스처나마 취할 수 있었다면 그 또한 고결한 선비의 모범을 보여주신 선생님이 계셨기에 가능한 일이었을 것이다. 선생님께서 우리 곁을 떠나신 지 어언 5년이 넘어섰다. 그렇지만 선생님의 문학은 여전히 대중의 사랑을 받고 있다. 선생님의 올곧은 정신이 배어 있는 그 맑은 글은 앞으로도 오랫동안 우리를 돌아보는 하나의 준거로 남아 있을 것이다.

4 소 음 의 왕 국

덕수공원을 뒤로 하고 숲길로 들어선다. 봄날의 욕망과 여름의 번뇌를 훌훌 털어버린 듯 나무들은 헐벗은 가지로 더욱 깊어진 푸른 하늘을 받들고 서 있다. 그러기에 숲으로 이어지는 가을 길은 여름의 호젓함 대신 어떤 허허로움이 배어 있다. 길을 수북이 덮은 낙엽을 밟으며 언덕을 오른다. 낙엽 밟는 메마른 소리가 뜸해지면서 오솔길은 언덕마루를 지나 능선과 합류한다. 언덕 너머 나뭇가지들 사이로 드러난 하늘은 짙푸르기만 하다. 나도 모르게 보폭을 가다듬으며 심호흡을 한다. 산 아래쪽 고갯길을 달리는 자동차 소리가 잦아들면서 세상은 일순 고요해진다. 이 적요감이 좋아서 나는 이따금씩 이 숲길을 걸어 학교를 오간다.

그러나 이 고요함도 잠깐이다. 헬리콥터 착륙장으로 다듬어 놓은 듯한 공터를 지나 댓 걸음도 옮기지 않아 땅을 파는 포클레인의 진동음이 정적을 뒤흔든다. 키 작은 소나무들의 푸르름 너머로 파워플랜트의 거대한 굴뚝이 눈에 들어오면서 그것은 더욱 요란한

굉음이 되어 마음을 찍어 누른다. 캠퍼스를 이 산자락으로 옮긴 지 이제 20년도 넘었건만, 아직도 캠퍼스의 한편에서는 끊임없이 공사가 이어지고 있다. 공사장에서 나오는 크고 작은 소리들은 거대한 소음 벨트를 이루며 캠퍼스를 휘감고 있다.

공사장의 소음만이 우리를 어지럽게 하는 것은 아니다. 수시로 하늘을 가로지르며 날아가는 비행기 소리, 순환도로를 달리는 자동차 소리, 학내를 곡예 하듯 달리는 오토바이의 신경질적인 단속음 역시 우리를 심란하게 한다. 그러나 이런 소음들은 캠퍼스 또한 그 나름의 생활공간으로서 도시의 한 모퉁이를 차지하고 있는 한 불가피한 것으로 받아들일 수밖에 없는 것인지도 모른다.

우리를 참으로 심란하게 만드는 것은 캠퍼스 내부에서 터져 나오는 소음들이다. 강의 중에 울리는 누군가의 휴대폰 소리, 복도를 지나며 거리낌 없이 떠드는 소리, 강의실 바로 바깥에서 수시로 벌어지는 팩차기의 함성, 저녁 나절만 되면 버들골을 울리는 꽹과리 소리, 그리고 무엇보다 도서관 앞 광장의 마이크에서 터져 나와 온 캠퍼스에 울려 퍼지는 열띤 구호 등이 그것이다. 캠퍼스를 소음의 왕국으로 만드는 이런 일들이 지금껏 활기찬 대학문화의 일부로 관대히 용인되고 정당화되어 왔다. 우리는 물론 암담했던 정치적 현실에 맞섰던 저항의 함성을 기억한다. 그러나 그것이 대학이 지향해야 할 본분의 전부가 아님도 되새겨야 한다. 아무리 비판적 지성의 요구라 할지라도 그것이 대학의 심장부라고 할 수 있는 도서관 주변에서 거리낌 없이 자행될 때에 그것은 자가당착의 폭력이라고 말하지 않을 수 없다.

소음의 왕국에서는 말도 의미 없는 잡음으로 전락되어 그 은성(殷盛)에 기여한다. 캠퍼스의 벽은 온갖 구호와 슬로건, 주장과 의견들로 범벅이 되어 있다. 의미를 잃은 이런 말들은 유령처럼 학내를 떠돌며 자기 증식을 한다. 일찍이 소설가 이청준은 실체와 유리된 이런 말들을 '떠도는 말'로 명명하고, 허울 좋은 정치적 이념 아래에서 억압적인 폭정이 자행된 70년대를 이런 빈말이 횡행한 시대로 규정지은 적이 있다. 우리의 캠퍼스는 여전히 이 떠도는 말의 향연장이다. 실체성이 없는 유령의 말들은 헛된 꿈과 부질없는 욕망을 또한 자극한다. 소음으로 들썩이는 캠퍼스는 이렇게 잡음이 되어버린 말을 양산하고, 허황한 망상을 부추기며, 사람들을 부박한 화전민으로 만들기 십상이다. 그리하여 캠퍼스는 로고스의 성채라기보다는 온갖 잡음과 망상의 온상이 되어버린 느낌이다.

사위가 산으로 둘러싸인 흔치 않은 환경임에도 불구하고 캠퍼스의 어디에서도 우리는 마음의 고요를 찾기 힘들다. 조용한 듯하면 곧 어디선가 소음이 들려와 마음의 안정을 깨뜨린다. 아무 말도, 아무런 행동도 하지 않고 가만히 앉아 있을 때조차도 소리 없는 아우성들이 귓전을 맴돈다. 이따금 찾아오는 고요와 침묵의 시간에조차도 소음의 환청에 시달리는 것이다. 『도덕경』에 "근원으로 돌아감을 고요라 하고, 이를 일컬어 본성을 회복한다고 말한다(歸根曰靜, 是謂復命)"라는 구절이 보인다. 소란스런 환경에서 삶의 근본이나 인간의 본성을 돌아볼 여유가 없는 것은 자명하다. 우리의 삶이 늘 쫓기고, 쉬이 격앙되고, 정체를 알 수 없는 불안으로 허둥

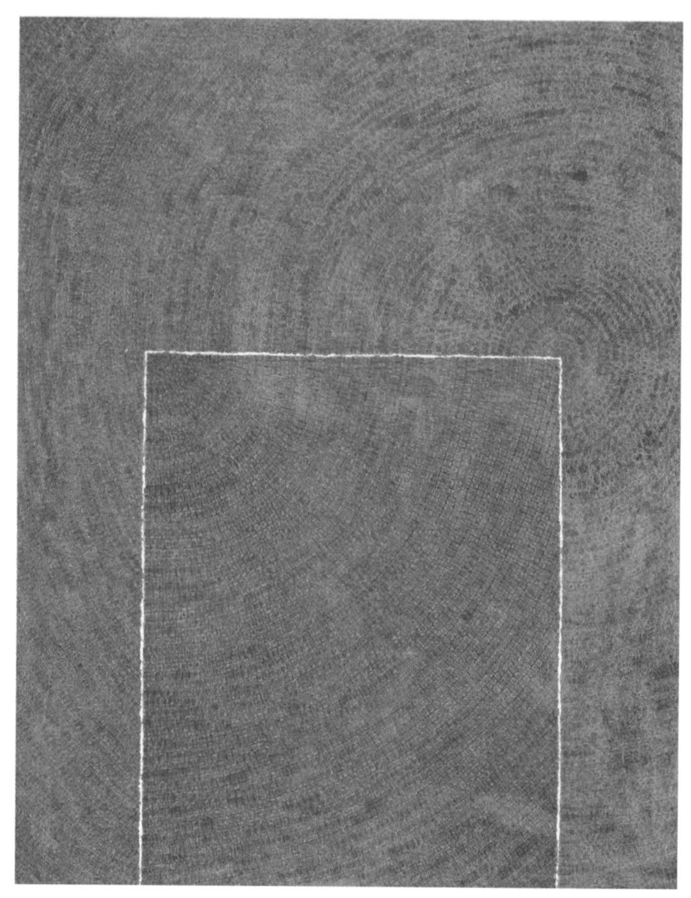

(재)환기재단·환기미술관 제공

김환기, 「5-IV-73 #310」(고요), 1973

대는 것도 필경 캠퍼스 안팎에 넘쳐나는 소음과 잡음이 의식되지 아니한 효과일 것이다.

캠퍼스의 어원적 의미는 '들'이다. 거기에는 고즈넉하고 한가로운 들녘의 분위기에서만이 사색과 진리탐구가 제대로 이루어질 수 있다는 뜻이 담겨 있다. 유감스럽게도 우리의 캠퍼스는 그런 분위기를 잃은 지 오래되었다. 고요함 속에 침잠하여 사물을 정관할 수 있는 마음의 여유를 학문의 도량인 캠퍼스에서조차 갖기 어렵다는 것은 정녕 슬픈 일이다.

5 말 빚

3월 하순, 몇 년을 길러온 한란에 처음으로 꽃대가 올라오더니 마침내 꽃망울을 터뜨렸다. 그 향기가 참으로 은은하면서 진하다. 혼자만 즐기기 아까워 아내에게 베란다로 나와 향기를 맡아 보라고 소리친다. 그러면서 난에게 문득 미안한 생각이 들었다. 몇 년 만에 처음으로 꽃을 피운 난을 단지 향기로서만 말하고 있는 것이 아닌가. 그 향기조차도 제대로 표현하고 있는 것이라고 할 수 없지만. 꽃의 색깔과 어여쁜 모양새, 무엇보다 그것이 피기까지의 고투—이런 것들은 외면한 꼴이다. 사물에 대해 말할 때 우리의 언어는 이렇게 그것의 일부를 마치 전체인 양 말한다. 온갖 수사를 동원하고 아무리 길게 난 꽃에 대해 말한다 하더라도 정도의 차이일 뿐 그 사정이 달라지는 것은 아닐 것이다. 그래서 우리가 하는 말은 언제나 부채를 남긴다.

『장자』에 이런 이야기가 있다.

제 나라 환공(桓公)이 누각 위에서 책을 읽고 있었다. 마침 수

© 이경서

한란

레 만드는 목수인 윤편(輪扁)이 누각 아래에서 수레바퀴를 깎고 있었다. 윤편이 문득 하던 일을 멈추고 환공에게 다가와 물었다.

"전하! 지금 무엇을 읽고 계십니까?"

"성현들의 말씀이다."

그러자 윤편이 다시 물었다.

"그 분들은 지금 살아 계신가요?"

"오래전에 죽었지."

"그렇다면 전하께선 옛 사람이 남긴 찌꺼기를 읽고 계신 겁니다."

환공은 화가 났다. 목수인 주제에 윤편의 말이 방자하기 그지없었기 때문이다.

"네 이놈! 무엄하구나. 그 말이 무슨 뜻인가? 네가 지금 한 말에 대해 이치에 닿는 설명을 하지 못하면 살려두지 않을 것이다."

윤편은 대답했다.

"저는 저의 경험에서 얻은 것으로 말씀드린 것뿐입니다. 제가 바퀴를 끼워 온 것이 지금까지 수십 년입니다. 그런데 굴대를 너무 깎으면 금세 빠져버리고, 덜 깎으면 조여서 들어가질 않습니다. 그러니 느슨하지도 빡빡하지도 않게 적절히 깎아야 합니다. 그러나 그것은 제 마음과 손으로 느껴 깨달을 뿐이지요. 그 요령은 제 자식 놈에게도 가르쳐줄 수가 없고, 자식 놈 역시 저에게서 배우지 못하고 있습니다. 옛 성인들도 자신들이 진정으로 깨친 바를 전하지 못하고 죽어갔을 것입니다. 그러니 전하께서 읽으시는 것이 그들이 남기고 간 찌꺼기가 아니고 무엇이겠습니까?"

경험적 진실에 투철한 윤편의 추궁이 매섭다. 찌꺼기에 불과한 서책을 읽어서 참뜻을 깨칠 수 있느냐는 일갈이다. 책에서 얻은 알량한 찌꺼기 지식으로 혹세무민하지 말라는 언외의 질타도 들리는 듯하다. 그의 힐난은 뜻을 제대로 실어 나르지 못하는 언어의 무기력에 대한 절절한 체험으로부터 촉발된 것이다. 윤편이 느꼈을 답답함을 겪어 보지 않은 사람은 아마 없을 것이다. 밤비의 외로움을, 실연의 서러움을, 병상의 고통을 하소연해보아야 아무도 귀담아주지 않아 인생이 더욱 팍팍해 보였던 순간은 누구에게나 있으리라. 옛 선승들이 불립문자에 연연한 것도 말빚을 지지 않을 궁리에서 비롯된 것이다. 그렇다고 언어를 버릴 수는 없다. 세속의 이런 저런 고리에 얽혀 있는 한 언어가 끊긴 심행처멸(心行處滅)의 경지를 마냥 탐할 처지도 아니기 때문이다. 결함이 많은 불충분한 도구이지만 우리는 언어를 어떻게든 부려 소통을 꾀할 수밖에 없다.

시인은 이 불가피한 말빚을 면해보려고 몸부림치는 사람들이다. 그들은 부절(符節)이 들어맞듯이 뜻과 말이 마침내 하나가 되는 순간이 오기를 갈망하면서 말을 늘이기도 하고, 줄여도 보고, 때로는 비틀어 보기도 한다. 그러나 그 순간은 쉬이 찾아오지 않는다. 아니 영원히 오지 않는다. 여기 그런 기다림에 지쳐 생을 일찍 마감한 한 시인의 절규가 있다.

시인이여,
토씨 하나
찾아 천지를 돈다
시인이 먹는 밥 비웃지 마라

병이 나으면

시인도 사라지리라

— 진이정, 「시인」 전문

토씨를 찍어야 할 것인지 말 것인지, 찍는다면 어디에 찍을 것인지 번민하다가 하얗게 밤을 새는 자가 시인이다. 달빛 비치는 문을 민다고 쓸 것인지 두드린다고 쓸 것인지로 고민하는 자가 시인이다. 그러나 세인의 눈에 그런 고투는 우스꽝스럽게 비칠 뿐이다. 실용을 잣대로 삼는 사람들은 그런 같잖은 일로 세월을 보내고도 밥을 찾는다고 시인을 조롱한다. 아니 병자로 취급한다. 그러나 시인은 안다. 뭇 사람들이 조소하는 이 병자의 세계에 몸을 던지지 않고서는 시를 쓸 수 없다는 것을. 시인은 그래서 저주 받은 자이다. 진이정의 시에는 이 땅에서 시인됨의 고단함과 그럼에도 불구하고 그것을 소명으로 감내하고자 하는 결의가 팡파르처럼 메아리치고 있다.

따지고 보면 시인이 앓는 병은 곧 우리가 늘상 지고 있는 말빚을 대신 갚아주려는 몸부림이라고 해야 할 것이다. 시인이 있어 우리는 말할 때마다 빚을 지고 사는 존재라는 것을 자각한다. 시인이 있어 우리는 말의 부채를 조금이라도 덜어야겠다는 생각도 하게 된다. 어찌할 수 없는 본래적인 말빚에 더하여 온갖 거짓말, 허언, 사기, 과장, 말 바꾸기가 판치는 세상이 파산하지 않고 그런대로 유지되고 있는 것도 말빚에서 벗어나기 위해 밤잠을 설치는 시인 덕분일 것이다.

6 국어사랑, 나라사랑

'국어사랑, 나라사랑'이라는 표어가 있다. 어느 국어학자가 이 말이 회자되고 있는 점을 들어 우리나라 사람들이 우리말에 대한 관심이 각별하다고 쓴 것을 읽은 적이 있다. 그러나 우리처럼 국어를 함부로 쓰는 민족도 흔치 않을 것이라는 것이 내 소견이다. 인터넷 상에 난무하는 오문과 비문, 알 수 없는 은어와 비속어, 제멋대로의 표기를 두고 하는 말이 아니다. 전국에 산재해 있는 관광 안내판의 숱한 오류를 염두에 두고 하는 말도 아니다. 대학교육을 받은 이른바 '배운 사람'의 글을 보라. 적절치 못한 어휘 사용에서부터 시작하여 주어가 없거나, 문의 호응 관계가 맞지 않거나, 논리적으로 모순인 오문이 허다하게 눈에 띈다.

나는 소설이나 산문 과목을 가르칠 경우 강의 주제와 연관된 글을 몇 편 골라 학생들에게 이를 요약해 제출하라는 과제를 종종 부과한다. 학생들이 제출한 과제 글을 읽으면서 아연실색하는 경우가 한두 번이 아니다. 눈에 '띠다'나 의미를 '띄다'처럼 맞춤법이 틀린 경우, 또는 사실과 진실, 성격과 성질, 반란과 저항, 확산과 만연, 참여와 참석 따위를 구별하지 못하는 것은 차라리 애교에 가깝다. 어법이 맞지 않는 문장은 그만두고 무슨 말인지 이해가 되지 않는 문장들을 태연히 나열해 놓는 무신경과 무책임성에 망연할 뿐이다. 글쓰기가 이렇게 난감한 상태에 있는데도 외국어문학을 공부하는 내 주변의 학생들이 국어사전을 옆에 두고 찾아보는 경우를 거의 보지 못했다. 젖먹이 때부터 써 왔으니 우리말은 공부하지 않아도 잘 쓸 수 있다고 생각하는 그 근거 없는 자만이 문제의 근원인지도 모른다.

학생들에게 부과한 과제 글이 영어로 되어 있고 난해한 내용이 없지 않다는 점도 물론 그 어지러운 문장들을 낳는 요인의 하나일 수 있다. 그러나 학생들이 엉터리 문장을 써놓고 방치하는 데에는 또 다른 차원의 문제가 있어 보인다. 여기에 대충대충 하는 고질적인 우리의 일처리 방식, 힘들고 어려운 일은 기피하는 안일한 태도, 거칠고 난폭한 말로 혼탁한 우리 사회의 일반적 병폐의 영향은 없는 것일까. 내게는 이것이 정치를 포함한 우리 사회의 제 분야에 미만해 있는 무분별한 선동, 근거 없는 비방과 거짓말의 난무, 처지에 따라 손바닥 뒤집듯이 말을 바꾸는 무책임한 작태와도 무관해 보이지 않는다. 언어에 대한 학생들의 느슨한 태도는 이런 세태의 반영이자 징후라고 볼 수 있다. 그래서 더더욱 우려된다.

이와 대비되어 떠오르는 것은 마크 트웨인과 비트겐슈타인(Ludwig Wittgenstein)이다. 마크 트웨인은 '올바른 단어'와 '거의 올바른 단어'의 차이를 번개(lightning)와 반딧불(lightning bug)의 차이로 비유한 적이 있다. 일상적 삶의 리얼한 묘사를 자신의 문학적 과제로 삼았던 트웨인은 부정확한 말은 물론이거니와 '거의 정확한' 말을 쓰는 것조차도 용납할 수 없었던 것이다.

엄정한 사고를 가장 중요한 철학적 태도로 삼았던 비트겐슈타인은 『논리철학논고』를 출간한 직후 어느 날 비평가 I. A. 리차즈에게 고통스러운 표정으로 거기에 두서넛의 실수가 있었다고 말했다. 리차즈는 2판에서 정오표를 붙여서 내면 되지 않겠느냐고 무심히 대답하였다. 그러자 비트겐슈타인은 "어떻게 그럴 수 있단 말인가? 그것이 내 두뇌의 소산일진대, 그런 식으로 살해할 수는 없지 않은가?"라고 외쳤다. 자신의 사고와 언어 사용에 대한 이 엄격한 책임의식은 기실 학자나 문인만이 아니라 교육받은 시민이라면 누구나 삶의 근본 자세로 가다듬어야 할 사항이다.

정확한 언어 표현은 대상에 대한 숙고와 그것을 통한 깊은 이해에서 출발한다. 다시 말해 표현은 사물에 대한 깊은 이해를 전제로 한다. 그러므로 일상의 비근한 것일지라도 그것을 명료하게 표현하려는 노력은 사물의 본질을 꿰뚫어 이해하려는 인문학적 사유를 기반으로 한다. 옛사람들이 배움의 근본이 말의 의미를 되새기고 일의 조짐을 잘 파악하는 지언지기(知言知幾)에 있음을 강조한 까닭도 여기에 있다. 이런 근본적 자세가 교양의 지표로서만이 아니라 사회적 풍속으로 자리 잡을 때 비로소 책임의식을 바탕으로 한 건전한 시민사회도 형성될 수 있을 것이다. 하여 국어사랑, 나라사랑은 정녕 당위적 명제이다. 국어를 참으로 사랑하는 마음가짐이 없다면, 언어생활에 성숙한 책임의식이 수반되지 않는다면, 나라사랑도 공허한 메아리로 그칠 공산이 크다.

7 시간과 기억

켈수스 도서관에서의 단상

10여 일 여정으로 그리스와 터키에 다녀왔다. 에게해를 중심으로 터키의 서해안 유적과 그리스의 북쪽 마케도니아 지방에서부터 해안가를 따라 내려오며 동서 문명의 교차 양상을 살피는 답사였다. 옛 문명의 발자취를 더듬는 답사는 대부분 폐허로 남아 있는 유적지 순례의 여정이기 마련이다. 이번 답사도 예외가 아니었다. 우리가 탐방한 유적지에는 어디에나 커다란 돌기둥과 이 빠진 아치형의 문과 아직도 가지런하게 남아 있는 포석과 무너져 내린 석축의 잔해들이 뒤엉켜 있었다. 이런 문명의 잔해들을 제자리로 돌려놓고 사라진 부분들을 채워 넣으면서 역사의 현장을 머릿속으로 복원해보는 것이 답사의 반복되는 일과이다.

상상 속의 재현이 반복되면서 피로감도 쌓이는 법이다. 우리의 발길이 터키의 에페수스에 이르렀을 때 여정의 절반이 채 지나지 않았음에도 나는 이미 어떤 피로감에 시달리고 있었다. 한편으로는 안내인의 설명에 귀를 기울이면서도 다른 한편으로는 시간을 거슬러 올라가 사라진 문명의 위용과 영광을 되짚어보는 궁극적 의의가 무엇일까라는 의문이 사이사이 고개를 들면서 시선의 집중이 흐트러지곤 했다. 역사의 추체험이란 단순히 앎의 욕구의 발로인가, 문명을 일으킨 인간의 집요한 노력과 의지의 재확인인가, 아니면 그런 욕망과 의지의 부질없음을 깨닫기 위함인가. 이런 상념의 자락을 타고 오래전에 읽었던 알베르 카뮈의 에세이, 「제밀라의 바람」의 한 구절이 흐릿한 기억 속에서 홀연 떠오르기도 했다. 지중해 문명의 유적이 산재해 있는 북아프리카 알제리에서 젊은 시절을 보낸 카뮈는 훗날 세계문화유산으로 지정되는 고도 제밀라의 유적을 돌아보면서 이렇게 썼다. "여러 사람들과 여러 인간 사회들이 이곳에서 일어났다가 스러졌다. 정복자들은 이곳에다 저급한 문명의 자취를 남겨 놓았다. 그들은 위대함에 대한 저속하고 우스꽝스러운 관념을 지니고서 정복한 땅의 넓이로 제국의 위대함을 가늠했다. 신기한 것은 그들 문명의 폐허가 그들 이상의 부정 바로 그것이라는 사실이다. 저물어가는 저녁, 개선문 주위로 비둘기 떼가 하얗게 날고 있는 가운데 높은 곳으로부터 내려다보이는 이 해골 같은 도시가 하늘에 정복과 찬탄의 표식을 새겨놓지는 못하니까 말이다. 세계는 항상 역사를 정복하고 마는 법이다."

문명의 폐허는 곧 그 이상의 부정이라고 카뮈는 쓰고 있다. 그는 문명의 부질없음을 깨닫는 것이 역사의 궁극적 예지라고 말하고 있는 셈이다. 문명의 위업을 도로(徒勞)로 만들어버리는, 카뮈의 표현대로, '역사를 정복하고 마는 세계'란 무엇인가? 우리 일행을 그리스의 유적지로 안내한 N선생은 지진, 전쟁, 종교, 세 가지를 그

요소로 꼽았다. 카뮈는, 에세이의 제목이 시사하듯, 그것이 '바람,' 곧 '자연'이라고 역설한다. 카뮈는 사라진 도시의 고독과 침묵 속에서 그 유적의 왕국을 누천년 휘감아온 바람과 햇빛의 위대한 힘을 보았던 것이다. 지중해 문명사에 관심을 쏟았던 프랑스의 아날학파 사가들이 '익명적이고 심층적이며 침묵을 지키는 역사'에 주목한 것도 같은 맥락에서일 것이다.

에페수스 유적지를 관통하는 쿠레테스의 길 초입에서부터 나는 이런 상념에 젖어 있었다. 원형극장 오데이온, 시청사, 광활한 아고라의 터를 거쳐 도미티아누스 신전, 트라야누스 저수조, 웅장하면서도 화려한 하드리아누스 황제의 신전 입구의 아치, 그리고 공중화장실과 스콜라스티키아 목욕탕에 이르기까지 발길을 옮기면서도 줄곧 그 생각이 뇌리를 떠나지 않았다. 어쩌면 이곳이 이제껏 보아온 어느 곳보다 유적지 전체 규모와 그 생활상을 뚜렷이 그려볼 수 있기에 문명의 허망함이 더더욱 절감되었는지도 모른다.

본래 그리스의 이오니아 인들이 건설한 에페수스는 헬레니즘 시대에 에게 문명의 중심지로 부상했고 제정 로마 시대에도 소아시아의 중심 도시였다. 콘스탄티누스 대제가 콘스탄티노플로 수도를 옮긴 후의 비잔틴 시대에도 에페수스는 콘스탄티노플에 이어 제국 제2의 도시로 성장하면서 번영을 구가했다. 폐허의 유적들에는 에페수스의 옛 영화를 충분히 짐작할 수 있을 만큼 장려한 모습이 여전히 남아 있었다.

쿠레테스 내리막길의 끝자락에서 대리석 길로 이어지는 지점에 위치한 켈수스 도서관에 이르러 나는 비로소 그 상념을 접고 다시 답사의 현실로 돌아왔다. 도서관은 그만큼 웅장하고 화려했다. 사실 내가 이 답사에 참여한 가장 큰 동기도 켈수스 도서관을 직접 보고 싶었기 때문이었다. 이방의 도시에 들르면 대개 그곳 대학을 찾고 교정에 들어서면 도서관부터 둘러보는 습관화된 행보 탓에 도서관이라면 늘 관심의 대상이었다. 켈수스 도서관은 알렉산드리아 도서관, 페르가몬 도서관과 더불어 고대의 3대 도서관으로 꼽힌다. 켈수스 도서관은 이 중 규모가 제일 작았지만 그 골격이나마 남아 있는 유일한 것이다. 비록 비바람을 견디며 남아 있었던 것이 아니라 매몰되었던 것을 1970년대에 복원한 것이긴 하지만 켈수스 도서관은 다른 두 도서관이 흔적도 없이 사라져버린 아쉬움을 달래주며 고대 학문의 전당이 어떤 모습이었는지 그 편린을 엿보게 해줄 것이라 여겨 기대가 컸었다.

에페수스는 물질적 번영을 구가하던 상업 도시였을 뿐만 아니라 인근의 밀레토스와 더불어 그리스 이오니아학파의 중심지로 학문의 도시이기도 했다. 만물의 궁극적 통일성을 문제 삼았던 헤라클레이토스가 에페수스 출신이고 이런 물음을 최초로 제기했던 자연철학자들인 탈레스, 아낙시만드로스, 아낙시메네스가 밀레토스 출신이다. 켈수스 도서관은 이들의 학문적 전통을 계승한 후예들이 쌓아올린 지식과 사상이 결집되고 보존된 곳이었으리라.

전면을 장식하고 있는 코린트식 주랑이 하늘을 향해 수직으로 비상하면서 결코 크다고 할 수 없는 도서관 건물은 마치 신전처럼 웅장하면서도 주밀한 인상을 풍겼다. 도서관 전면의 그 화려한 위용은 1층과 2층의 약간 엇나간 주랑의 배치로 얻어진 미묘한 균형

고대 3대 도서관의 하나였던 켈수스 도서관

감과 역동성으로 더욱 배가된다. 대칭적이면서도 조화롭고 아기자기하면서도 웅장한 전면의 모습에서 그리스 건축의 영향도 엿보인다. 도서관 출입구의 외벽에는 지혜(sophia), 덕(arete), 통찰력(ennoia), 지식(episteme)을 표상하는 여인상이 서 있다. 이는 학문을 통해 기르고자 하는 덕목이자 로마제국의 시민이 함양하고자 하는 자질일 것이다. 출입구를 지나 안으로 들어서면 서고 터인 장방형의 내정이 나온다. 도서관 전면은 이층이지만 내부의 서고는 삼층으로 되어 있었다고 한다. 이 특이한 구조 또한 에페수스 도서관을 독특한 건축미의 소산으로 만드는 요인이다. 내벽은 규칙적으로 새겨진 벽감이 이어지고 있는데 이곳에 책을 보관하는 서가가 있었다.

계단 양편의 벽에 새겨진 명문에 의하면 켈수스 도서관은 사르디스 출신으로 AD 106~107년에 소아시아 집정관을 지낸 가이우스 율리우스 켈수스 폴레마에아누스(Gaius Julius Celsus Polemaeanus)가 남긴 25,000 데나리온의 유산으로 110년에 역시 집정관을 지낸 그의 아들 가이우스 율리우스 아퀼라(Gaius Julius Aquilla)가 자기 아버지를 기념하기 위해 세운 것이다. 켈수스는 114년에 70세의 나이로 로마에서 사망한 것으로 되어 있으니 아마 도서관 건축은 그 직후에 시작되어 125년경에 완공된 것으로 보인다.

이 건물이 도서관이면서 동시에 켈수스의 사당(heroon)을 겸하고 있었다는 것도 흥미로운 점이다. 켈수스의 유해는 도서관 내부의 지하에 만든 현실(玄室)의 대리석 석관 속에 안치되어 있고, 서고의 벽과 외벽 사이에 습기를 막기 위해 띄워 둔 작은 공간이 통로로 활용되었다고 한다. 켈수스 도서관이 개인의 사당을 겸하고 있었다는 사실은 당시의 도서관 기능이 오늘의 그것과는 달랐다는 것을 새삼 환기시킨다. 고대의 도서관은 지적 탐구의 장소라기보다는 책과 문서를 안전하게 보관하기 위한 서고의 역할이 우선이었다. 켈수스 도서관에는 12만 권의 장서가 소장되어 있었다고 하는데, 그 장서의 대부분은 오늘날의 책자형 책(codex)이라기보다는 두루마리 책(volumen)이었을 것이다. 건사하기 용이한 책자형 책이 등장하면서 비로소 책이 지적 탐구의 원천이 되고 그와 함께 도서관도 진정한 의미의 학문의 도량이 될 수 있었다. 기다랗게 말려 있는 두루마리 책은 그 물리적 형태 자체가 지속적인 탐구를 어렵게 만들기 때문이다. 70만 권을 소장하고 있었다는 고대 최대의 도서관 알렉산드리아 도서관, 20만 권을 소장하고 있었다는 페르가몬 도서관, 그리고 아우구스투스를 필두로 제정 로마 시대 초창기의 황제와 귀족들이 건립한 크고 작은 도서관들도 이 점에서는 마찬가지였다. 그것들은 책을 읽고 진리를 탐구하는 장소라기보다는 두루마리 책을 보관하는 아카이브로서의 역할이 먼저였다. 프랑스어에서 도서관을 뜻하는 bibliothèque이 원래 두루마리를 보관하는 선반 혹은 벽감을 의미했다는 데서도 이 점은 확인된다.

주지하듯 책은 고대 구술문화 사회에서 기억을 보다 장기적으로 또 정확하게 보존하기 위한 방편이었다. 고대의 도서관은 그런 책들을 모아두는 기억의 저장고였다. 이런 점에서 고대 도서관의 역할은 문자의 본래적 기능의 연장선상에 있었다고 말할 수 있다. 고서지학은 문자의 발명을 죽은 사람, 특히 부족의 영웅호걸에 대한 기억을 오래 보존하기 위한 필요의 소산이라고 지적한다. 글쓰기 또한 죽은 자의 묘비명을 새기는 데서 시작되었다는 설명이 있다. 이는 어원학적으로도 확인된다. 그리스어에서 명성을 의미하는 클레오스(κλέος)는 본래 '음성'이라는 뜻이다. 예컨대 호메로스 서사시의 영웅들이 죽음이 예정되어 있는 전장에 나간 것은 무엇보다 불멸의 명성에 대한 갈구 때문인데, 그 명성은 사람들의 입을 통해, 그 음성에 실려서 널리 확산되는 것이다. 문자의 일차적 기능은 바로 클레오스를 영속적인 것으로 만드는 데 있다. 라틴어에서 읽는다(legere)는 말이 본래 '귀 기울이다'라는 뜻이었던 것도 같은 맥락에서이다. 이처럼 문자, 책, 도서관은 모두 삶의 영원성 혹은 불멸성에 대한 인간의 오랜 희원의 소산이다. 이집트 프톨레마이오스 왕조가 국가적 사업으로 추진한 알렉산드리아 도서관의 건립 동기에서도 이 점을 확인할 수 있다.

기원전 280년에 세워진 알렉산드리아 도서관은 전 세계의 책을 한 곳에 모아두려는 원대한 꿈의 소산이다. 그것은 세상의 모든 기억을 보관함으로써 시간에 스러지고 마는 삶의 근본적 한계를 초극하고자 하는 욕망에서 기획된 일이다. 후세의 시인 말라르메가 세상을 한 권의 아름다운 책 속에 집약하고자 한 것도 이 꿈의 현대적 변주이다. 프톨레마이오스 왕조가 도서관 건립에 심혈을 기울인 것은 왕국의 힘을 과시하기 위한 정치적 동기도 물론 작용했지만 피라미드가 증언하듯이 무엇보다 영혼 불멸에 대한 이집트인들의 믿음이 강렬했기에 가능한 것이었다. 요컨대 성경의 바벨탑 이야기가 공간을 정복하고자 하는 인간의 꿈을 표상한다면, 고대의 거대 도서관은 시간을 넘어서고자 하는 인간의 오랜 소망의 발현인 것이다. 이런 점에서 켈수스 도서관이 사당을 겸한 것은 자연스러운 일이다. 인근의 항구 도시 보드룸에 건립되었던 마우솔로스 영묘가 확인해주듯이 사당과 거대한 무덤들 또한 영생에 대한 인간의 소망과 믿음을 구현하고 있기 때문이다.

켈수스 도서관은 262년 이 지역을 휩쓴 지진으로 파괴되고 말았다. 건립된 지 137년 만이다. 그 후 제정 로마 시대 말기에 도서관 전면의 일부가 그 앞 공간에 세운 저수조의 후면 장식으로 재활용되면서 도서관의 존재는 완전히 망각되었던 것 같다. 그마저도 후세의 또 다른 지진으로 인해 완전히 파괴되어 흙더미에 파묻혀 있다가 1905~1906년에 행해진 발굴에 의해 비로소 그 실체가 세상에 알려지게 되었다. 도서관 계단 양면을 비롯하여 여기저기에 새겨진 명문 덕분에 그 구체적인 모습이 확인된 것이다. 시간의 소진 작용에 맞선 문자의 승리, 곧 기억의 승리이다.

그럼에도 불구하고 문명의 허망함과 그 근본적 역리(逆理)에 대한 카뮈의 통찰이 흐려지는 것은 아니다. 유적이란 인간에 구인되어 건축의 재료로 쓰였던 흙과 돌이 다시 자연의 품으로 돌아가는 과정이 아니고 무엇이란 말인가? 대자연의 소산이었던 돌들은 호모 파베르의 손에 의해 다듬어졌다가 세월이 흐르면 결국 자연으로 되돌아오는 것이다. 몇 해 전에 보았던 캄보디아의 앙코르와트 지역에 있는 타 프롬 사원의 모습이 생생하게 환기시킨 것도 바로 이 점이었다. 19세기 발견 당시의 모습을 그대로 존치시켜 놓은 이 사원의 나무들은 그 거대한 뿌리로 건물을 마치 뱀처럼 휘감고 있었다. 모든 생명 있는 것들은 시간이 지나면 결국 흙으로 돌아간

나무뿌리에 잠식된 캄보디아 타 프롬 사원의 건물

다. 마찬가지로 존재하는 모든 것들은 허물어짐으로써 결국 본래의 자리로 돌아간다. 폐허의 유적은 그리하여 탕아의 귀환인 것이다. 그것은 시간의 승리, 자연의 승리에 대한 증언이다.

이번 답사를 통해 자연도 역사의 엄연한 주역이라는 것을 새삼 확인할 수 있었다. 전쟁, 종교 혹은 종족의 갈등이 문명 파괴와 쇠망의 원인이었음을 부인할 수는 없다. 그러나 켈수스 도서관처럼 자연의 힘에 의해 파괴된 경우도 허다하다. 문명의 사멸을 인간의 반달리즘 탓으로만 돌리는 것은 지나친 단순화이다. 오랫동안 물속에 침강해 있던 흔적이 뚜렷이 남아 있는 세라피스 사원의 돌기둥을 생각해보라. 고대에 번성을 누린 항구였던 밀레토스, 에페수스, 트로이아만 하더라도 지형의 변화로 오늘날은 바다로부터 수 킬로미터나 떨어진 내륙도시가 되어 있다. 숱한 전쟁과 종교적 갈등이 화려했던 도시를 잿더미로 만들곤 했지만 지진이나 장기간에 걸친 환경의 변화 또한 문명의 파멸을 초래한 중요한 변수였다. 우리는 근래에 이상기후 현상을 통해 인간 문명에 의해 정복되었던 자연의 '귀환'을 실감하고 있다. 이제 문명의 탐구—'역사(historia)'라는 말은 그리스어에서는 본래 '탐구'란 뜻이다—에서 자연의 위력을 십분 고려해야 하지 않겠는가.

8 학과 바느질

지난 11월 말 겨울 철새를 보기 위해서 철원에 다녀왔다. 매년 이맘때쯤이면 러시아 쪽 추운 지방에서 쇠기러기, 청둥오리, 독수리, 고니, 그리고 단정학을 비롯한 두루미 종류가 월동을 위해 철원평야를 찾는다고 한다. 나는 이 중에서 특히 우미한 자태를 뽐내는 단정학을 구경하고 싶었는데 마침 탐조의 기회가 주어져서 설레는 마음으로 길을 나섰다. 20여 명의 우리 일행은 먼저 철원군청에 들러서 민통선 안으로 들어가는 허가서를 얻은 다음 곧바로 두루미가 많이 모인다는 아이스크림고지, 토교저수지, 평화전망대 일대를 버스를 타고 돌았다. 가을걷이가 끝난 철원평야는 을씨년스러웠고 서릿발이 돋아 오른 듯 추워보였다. 흐린 잿빛 하늘 위로 이따금씩 쇠기러기 떼들이 무리를 지어 날아올랐다.

커다란 몸집의 재두루미들이 들판에서 낟알을 주워 먹고 있는 모습도 눈에 띄었다. 그중에 보고 싶었던 단정학도 여러 마리 섞여 있었다. 두루미는 통상 가족 단위로 움직이는데, 가족은 두루미

© 연합뉴스

두루미

부부와 한두 마리의 새끼로 이루어진 단출한 것이다. 암컷이 한 번에 낳는 알이 두 개뿐이어서 새끼의 개체수가 그렇다고 한다. 두루미의 모습이 차도 근처에 보일 때마다 좀 더 가까이에서 보려고 차를 멈추고 내려서 다가가면 인기척에 그만 날아가버리기 일쑤였다. 몸집 큰 두루미들이 커다란 날개를 펴고 날아오르는 모습 그 자체도 볼만한 구경거리였다. 시야를 가득 채우면서 공중으로 차고 오르는 두루미의 날갯짓은 우아하면서도 마치 주어진 운명을 거스르는 듯한 장중한 맛이 있었다. 기대했던 큰 무리의 두루미 떼는 눈에 띄지 않았다. 그래도 널따란 들판에 심심찮게 두루미들의 모습이 보였고 그중에 정수리에 붉은 반점이 찍혀 있는 단정학도 이따금 섞여 있어서 탐조의 즐거움을 만끽할 수 있었다.

탐조 여행에서 돌아온 뒤 두 달이 채 안 된 1월 중순, 그 여행을 처음 제안했고 우리 탐조 팀을 위해 철원군청의 지인에게 사전에 편의 제공까지 부탁하여 우리 여정이 불편하지 않도록 애써주고 안내역을 자청했던 M교수가 작고했다는 청천벽력 같은 소식을 들었다. 지난해 여름방학이 끝나고 우리의 정례 모임에서 오랜만에 그를 상면했을 때 초췌했던 그의 모습이 불현듯 머리에 떠올랐다. 어디 불편한 데가 없느냐는 나의 조심스러운 물음에 그는 잠시 어색해 하다가 체중을 조금 뺐노라고 얼버무렸던 기억이 떠올랐다. 그가 누워 있는 병원으로 달려가 문상을 하고 나서야 나는 그가 그 전해에 발견된 몹쓸 병으로 6개월 넘게 치료를 받았다는 것과 근치가 된 작년 여름 이후부터 다시 일상으로 복귀하여 활동하다가 불과 3주 전에 조금 불편한 느낌이 있어서 병원을 찾은 후 병세가 손쓸 틈을 주지 않고 급전직하로 악화되었다는 저간의 사정을 들을 수 있었다. 100세 시대라고 말하는 요즘에 50대 초반인 그가 이처럼 불귀의 객이 되고 만 것에 나는 허망하고 허전한 심정을 가누기 어려웠다.

그 후 며칠 동안 M교수에 대한 이런저런 추억이 머리를 맴돌아서 일이 손에 잡히지 않았다. 철원 탐조 여행이 그의 병세를 돌이킬 수 없게 만든 고비였을지도 모른다는 생각이 들기도 해서 마음이 무거웠다. 유일한 혈육인 여섯 살 난 어린 딸을 두고서 저 세상으로 떠나야 한다는 예감을 했을 때 그의 심정이 얼마나 착잡했을지 생각하니 가슴이 막막해지기도 했다. 이런 와중에 홀연 서정주의 「鶴」이라는 시가 머리를 스치고 지나갔다. M교수의 급작스런 죽음과 철원에서 보았던 단정학의 모습이 겹쳐진 탓이었던 듯하다. 나는 서가의 귀퉁이에 꽂혀 있는 미당의 시집을 꺼내 「鶴」을 펼친 후 몇 번이나 읽고 또 읽었다. 오랜만에 읽은 「鶴」은 이전에 읽으면서 얻었을 어렴풋한 기억 속의 인상과는 사뭇 다른 느낌으로 다가왔다. 시를 읽으면서 떠오른 상념들에게 그 동안의 착잡했던 생각들이 자리를 내주면서 내 마음은 갇혀 있던 터널에서 서서히 빠져나왔다.

나날의 삶은 염주처럼 상념들의 연속이다. 그리고 상념은 그들의 고유한 색깔로 세상을 채색하는 다채색의 렌즈이다. 우리의 일상은 끝이 보이지 않는 이런 상념의 염주들을 타고 달린다. 에밀리 디킨슨은 우리의 삶을 널빤지로 이어진 끝없는 계단을 걷는 것에 비유한 적이 있다. 인간은 다음에 내딛는 계단이 마지막인지 모르고 천상의 별을 바라보며 경이로움에 젖을 수 있는 존재이다. 그러니 『리어왕』에서 에드가가 절규한 그대로 세상으로부터 가고 오는 것은 주어진 운명으로 받아들여 견딜 수밖에 없는 것이리라.

千年 맺힌 시름을
출렁이는 물살도 없이
고운 강물이 흐르듯
鶴이 나른다.

千年을 보던 눈이
千年을 파닥거리던 날개가
또한번 天涯에 맞부딪노나

山덩어리 같아야 할 忿怒가
草木도 울려야 할 서름이
저리도 조용히 흐르는구나

보라, 옥빛, 꼭두선이
보라, 옥빛, 꼭두선이
누이의 수틀을 보듯
세상은 보자

누이의 어깨 너머

누이의 繡틀 속의 꽃밭을 보듯
세상은 보자

울음은 海溢
아니면 크나 큰 祭祀와 같이

춤이야 어느 땐들 골라 못추랴.
멍멍히 잦은 목을 제 쭉지에 묻을 바에야
춤이야 어느 술참땐들 골라 못추랴.

긴 머리 자진머리 일렁이는 구름속을
저 우름으로도 춤으로도 참음으로도 다하지 못한 것이
어루만지듯 어루만지듯
저승곁을 나른다.

― 서정주, 「鶴」 전문

1955년에 간행된 『서정주 시선』에 실려 있는 「鶴」은 미당 시가 도달한 하나의 경지를 보여준다. 우아한 자태로 하늘을 나는 학에게서 시인은 "산덩어리 같아야 할 분노"와 "초목도 울려야 할 서름"을 내면으로 삭이는 인고의 화신을 본다. 물론 학이 신산한 현실이 야기하는 시름과 분노를 참아내는 것만은 아니다. 더 이상 견딜 수 없을 때 학은 해일과 같은 울음을 토해내기도 하고 또 더러는 춤사

위에 몸을 내맡겨 그것을 비껴서려는 모습을 보이기도 한다.

그러나 현실은 가혹하기만 하다. 이 모든 안간힘에도 불구하고 시련이 또 다시 밀려온다. "우름으로도 춤으로도 참음으로도" 어쩌지 못하는 고난의 여파에 견디다 못해 학은 떨쳐 일어나 "일렁이는 구름 속"으로 비상한다. 거기에서 학은 또 다시 하늘의 푸른 절벽에 부딪친다. 그 천애(天涯)를, 학은, 마치 천년을 견뎌온 힘겨운 생을 마감하려는 듯이, 모든 것을 초탈한 듯이, "출렁이는 물살도 없이 // 고운 강물이 흐르듯" 우아한 자태로 난다.

시인에게 육이오 전후의 삶은 여전히 팍팍하기만 했었다. 『나의 문학적 자서전』에 비치고 있듯이 육이오 전란 중에 시인은 그 참담한 현실에 문자 그대로 발광 직전까지 갔었고 목숨을 버리려는 시도까지 했었다. 전쟁이 끝난 후에도 세월은 어렵기만 했다. 「鶴」은 이런 신산한 시절에 마음을 다잡기 위해 쓴 시 가운데 하나이다. 시인은 격정의 통탄 대신 주어진 현실에 자족하는 마음가짐으로 그것을 이겨내고자 했다. 비슷한 주제를 담고 있는 절창, 「무등을 보며」나 「국화 옆에서」도 모두 이 시기의 작품이다.

이 시에서 잊지 말아야 할 것은 누이의 존재이다. 시인이 우아한 모습으로 천상을 나는 천년학에게서 안분지족의 삶의 자세를 끌어낼 수 있었던 것은 지상에 누이가 있기에 가능한 일이기 때문이다. 그 누이는 수를 놓는 누이이다. 밀려드는 엄혹한 현실의 파도야 마찬가지일 터이나 늘 한결같은 모습으로 수를 놓고 있는 누이의 자태는 원만구족(圓滿具足)하기만 하다. 이렇게 천상/지상 : 학/누이의 대비로 시상을 빚어나간 데 이 시의 묘미가 있다. 천년의 시름을 내면에 감추고 곱게 하늘을 나는 학처럼 누이는 신산한 현실을 수틀 속에서 아름다운 꽃밭으로 채색해낸다.

누이가 수놓고 있는 세계는 '보라, 옥빛, 꼭두선이', 세 가지 색깔로 미화된 단순성의 세계이다. 그 세계는 고단하고 간난하기만 한 세상살이를 수예의 손놀림으로 다잡아간 누이의 마음을 재현한 것이다. 그러기에 시인은

> 누이의 어깨 너머
> 누이의 繡틀 속의 꽃밭을 보듯
> 세상은 보자

고 외친다. 이 시 속의 누이는 가혹한 현실을 외면하고 수틀 속으로 도피한 물정 모르는 여인네가 결코 아니다. 그녀는 오히려 현실의 돌밭을 묵묵히 써레질하는 견인주의자에 가깝다. 그러므로 여기 누이는 "가난이야 한낱 襤褸에 지내지 않는다"고 선언하는 「무등을 보며」의 화자와 닮아 있고, 험난한 젊음의 뒤안길을 돌아 나와 이제 거울 앞에선 「국화 옆에서」의 내 누님의 또 다른 변신이기도 하다. 누이를 이런 견인주의자로 키운 원동력은 어떤 현실에 처하든 매 순간을 한 땀 한 땀 뜨며 자신의 시간으로 만들고 또 부수고 만들어가는 수예의 손놀림, 느리지만 끈질기게, 착실하게 앞으로 나아가는 달팽이의 걸음과도 같은 그 바느질의 힘일 것이다.

우리네 누이는 저 이타카 바닷가의 페넬로페의 분신이다. 그녀가 난폭한 구혼자들을 물리치기 위해 낮 동안 짰던 직물을 밤에

풀어버린 것은 누이의 수놓기의 변주라 할 만하다. 이들은 여성의 시간을 슬기로운 삶의 지혜로 바꾼 수많은 여성들을 대표한다. 그리하여 수틀 속을 보라는 시인의 외침에도 불구하고 나는 그 세계를 만들어가는 바느질의 행위 그 자체와 그렇게 묵묵히 주어진 삶을 직조해가는 마음가짐에 더 마음이 끌린다. 그 매혹의 끝자락에 바느질로 자신의 운명을 개척해나간 또 다른 인상적인 인물, 『주홍글자』의 주인공 헤스터 프린이 떠오른다.

너대니엘 호손의 『주홍글자』는 장래가 촉망되는 젊은 교구 목사와 그의 사생아를 낳은 한 여인의 기구한 삶의 이야기이다. 결혼한 몸으로 사생아를 낳아 청교도 공동체의 율법을 어긴 죄로 여주인공 헤스터는 죄업의 표시인 'A'자를 가슴에 달고 마을의 변방에서 국외자의 삶을 살아간다. 그녀가 세상의 온갖 손가락질을 견디며 홀로 딸을 키우면서 살아가는 방책은 바로 뛰어난 바느질 솜씨이다. 그녀는 감옥에 갇혀 있는 동안 이미 자신의 죄를 표상하는 'A'자를 주홍색 천에 금실로 화려하게 수를 놓아서 앞가슴에 달았다. 감옥에서 아이를 안고 형리에게 끌려나와 중인환시 속에 시장터의 형대에 서 있는 그녀의 모습은 가슴에 단 환상적인 주홍글자 때문에 눈부신 아름다움으로 빛나고 치욕과 죄악의 어두운 그림자는 오히려 뒷전으로 물러나 있는 형국일 정도이다.

헤스터는 감옥을 나온 후 마을 가장자리의 외딴 오두막에 기거하면서 사람들이 주문한 바느질 일로 생계를 꾸려 나간다. 그녀가 만든 옷가지와 장신구는 우아하고 맵시가 빼어나 사람들의 주문이 쇄도했다. 그녀를 단죄한 청교도 지도층도 그녀가 밤새워 바느질한 주름 깃을 목에 달았고, 목사들은 그녀가 짜준 가슴 띠를 둘렀으며, 군인들은 그녀가 만든 전대를 어깨에 맸다. 그녀의 손끝에서 만들어진 옷차림새는 어느덧 그녀가 살고 있는 좁은 청교도 사회에서 하나의 유행으로 자리 잡을 정도였다.

헤스터는 밀려드는 바느질일만으로도 꽤 유족하게 살 수 있었다. 그러나 그녀는 소박하고 검약한 생활로 일관했다. 그녀가 유일하게 호사를 부린 것이 있다면 바로 사람들의 눈총 속에서 애비 없는 자식으로 커가는 가엾은 딸을 화사한 차림으로 꾸며주는 것뿐이었다. 그 이외에 남는 벌이를 그녀는 이웃을 돕는 데 아낌없이 썼다. 그녀는 높은 보수가 약속된 바느질 일감도 적당량 이상은 사양하고 많은 시간을 가난한 사람들을 위한 옷가지를 마련하는 데 바쳤다. 바느질은 이처럼 소외된 그녀의 삶을 세상과 이어주는 끈이자 속죄의 길이기도 했다. 이렇게 주변 사람들을 헌신적으로 도왔지만 그들은 종종 그녀가 베푸는 온정의 손길을 욕지거리와 모욕으로 되갚았다. 그러나 그녀는 세간의 어떤 비난과 수모에도 일체의 반응을 자제하고 한결같이 낮은 자세로 살아갔다.

이런 생활이 7년여 계속되면서 헤스터는 어느덧 마을 사람들에게 수치스러운 죄인이 아니라 마을에 없어서는 안 될 천사와 같은 존재로 각인되기에 이른다. 그녀가 가슴에 달고 다녔던 'A'자도 '간통(Adultery)'이라는 원래의 의미 대신 '유능한(Able)' 혹은 '천사(Angel)'와 같은 의미로 바뀐다. 그러나 이렇게 달라진 그녀에 대한 세평은 열정적이고 당당하고 관능적이었던 그녀가 얼마나 철저하게 자기를 억누른 고행의 삶을 살아왔는지를 역으로 환기시킨다. 마을 사람들에게 좋은 평판은 얻었지만 그녀의 내면적 삶은 '치욕, 절망, 고독'이 교차하는 신산스러운 것이었음을 소설의 화자는 밝히고 있다. 그 힘겨운 삶을 지탱할 수 있게 해준 으뜸가는 원동력은 아마 적의에 찬 세상에서 딸을 어떻게든 키워내야 한다는 본능에 가까운 모성애였을 것이다. 허지만 헤스터는 그 모성애마저도 유린될 뻔했다. 죄인에게 아이의 양육을 맡겨놓을 수 없다는 청교도 지도층의 어쭙잖은 생각 때문이었다. 그녀는 모든 것이 하늘의 뜻이었다고 읍소하며 그들과 맞서서 아이를 가까스로 지켜냈다. 그러니 억압적 일상에서 그녀를 붙들어준 것은 밀려드는 수많은 상념들을 다독거리며 그녀의 내면을 다잡아준 바느질이었다고 해도 지나치지 않다. 바느질은 그녀에게 필경 '우름'이었고, '춤'이었으며, '참음'이었을 것이다.

놀라운 것은, 외적으로 성자의 삶으로 비친 그 삶이, 소설의 화자가 내비치고 있듯이, 내면으로는 그녀를 급진적인 페미니스트로 만들었다는 점이다. 헤스터는 사회가 자신을 포함하여 여성 일반에게 강요하는 삶이 정당한 것인가를 끊임없이 자문했고, 그 부당한 삶에서 벗어나기 위해서는 사회구조 전체를 바꾸어야 한다는 혁명적인 생각까지도 포회했다. 그러나 내면에 요동치고 있는 이런 과격한 소용돌이에도 불구하고 그녀는 외형적으로는 세간의 질서와 요구를 늘 온순히 따랐던 것이다. 이런 점에서 그녀에게 바느질은 본래적 자기로 되돌아가는 우회로요, 자기정체성의 확인 속에서 자기를 표현하는 길이면서, 또한 그 개성적 열망을 진정시키는 수단이었던 셈이다.

혹자는 말할지 모른다. 그것은 자기기만이요 허위의식이라고. 그러나 이 양면성은 층층면면한 세상을 살아가기 위한 실존적 예지에 다름 아니다. 그마저 윤리의 이름으로 단죄된다면 겨울밤 호롱불 밑에서 해진 양말을 기우며 끝없이 넋두리를 쏟아내던 우리네 할머니와 층층시하의 고달픈 시집살이를 뜨개질로 혹은 수를 놓으며 이따금의 먼산바라기로 견뎌낸 우리네 어머니의 삶은 얼마나 허망한 것이 되고 말겠는가.

학은 통상 밤에 한 다리로 선 채 다른 다리와 머리를 날갯죽지에 묻고 잠을 잔다고 한다. 추위를 견뎌내기 위해서이다. 개울가에서 월동하는 학들, 특히 어린 학들 중에는 밤중에 기온이 내려가 물이 얼어붙는 것을 모른 채 잠을 자다가 다리를 못 쓰게 되는 경우도 더러 있다고 한다. 학의 우아한 비상도 세한(歲寒) 연후에야 가능한 것이다. 다시 학이 날아오른다. 내 마음속을 나는 그 학은 둥근 백자 항아리 같은 달을 비껴가며 서쪽 하늘로 비상하고 있다. 거기 수줍게 해맑은 미소를 짓고 있는 M교수의 얼굴이 보인다.

9 마음의 백지

금년 겨울은 눈이 유난히도 많이 내렸다. 며칠 전 동해안 쪽에 폭설이 내려 아이들 키 높이로 눈이 쌓였다는 뉴스를 듣고 홀연 그곳 설경이 보고 싶어서 길을 나섰다. 경춘고속도로를 타고 홍천에서 나와 인제를 거쳐 미시령 고개를 넘었다. 날씨는 언제 눈이 내렸나 싶게 맑고 따뜻했다. 미시령 터널을 빠져나오자 흰 눈에 덮인 골짜기가 아스라이 펼쳐져 있다. 오른편으로 웅장한 자태를 뽐내는 울산바위의 화강암 연봉이 비껴선 햇살 속에서 눈이 시리게 검푸르다.

그러나 정작 흰 눈으로 뒤덮인 설원의 아득함을 맛보게 해준 곳은 낙산사 경내였다. 몇 해 전 산불로 소실된 후 새로 조성된 낙산사의 널따란 구내는 사람들의 발길이 멎은 덕분에 순백의 설원을 그대로 품고 있었다. 무릎까지 차오른 눈이 어설픈 인공의 흔적을 감쪽같이 파묻어버린 데다가 헐벗은 몇 그루의 고목과 사이사이 석축이 만들어낸 적막감으로 눈 덮인 경내는 숭엄함 그 자체였다. 빗살처럼 퍼져 나가는 설원의 은은한 반사광은 투명한 하늘을 되비추며 아득한 시원의 세계를 열어 보이고 있었다. 선방의 툇마루에 앉아 이 고요한 눈 풍경을 망연히 바라보고 있노라니 내 마음도 어느새 하얀 백지가 되어버린 기분이다. 흰 색깔 때문인가, 아니면 모든 것을 뒤덮는 쇄소(刷掃) 효과 때문인가? 앞뜰에 서 있는 헐벗은 감나무 가지에 아직 외롭게 걸려 있는 빨간 홍시 하나와 그 너머 청잣빛 하늘, 그리고 그 아래로 맞닿은 짙푸른 바다 풍경으로부터 눈을 떼지 못하면서 나는 문득 사람들이 눈 덮인 정경에 이끌리는 까닭이 궁금해졌다.

사람은 누구나 눈과 연관된 한두 가지의 인상쯤은 기억 속에 간직하고 있을 것 같다. 친구들과 뛰놀던 학교 운동장에 펑펑 쏟아지던 함박눈, 토요일 오후, 호젓한 도시의 돌담길에 떨어지자마자 솜사탕처럼 녹아버리던 포근한 눈, 바닷바람을 타고 사정없이 휘몰아치는 외진 해변 길의 진눈깨비에 대한 인상이 떠오른다. 이런 정경들은 백설의 흰빛도 흰빛이지만 눈의 또 다른 물성, 곧 덧없이 사라지고, 포근하게 감싸고, 때로는 뼛속까지 오싹하게 만드는 한기 때문에 기억에 남아 있는 것이리라. 그러나 이렇게 절간을 적막한 설원으로 탈바꿈시키는 적설(積雪), 전나무 가지를 늘어뜨리고 있는 소담스러운 눈꽃, 혹은 숲 사이로 난 오솔길을 뒤덮고 있는 정갈한 백설기 같은 눈은 그 고유한 흰색과 더불어 모든 것을 무(無)로, 백지로 돌려버리는 소멸의 미학이 더 두드러진다.

근년에 들어서서 분분히 날리는 동적인 눈보다는 이런 정적인, 빛의 침묵에 감싸인 지상의 적설에 어쩐지 더 이끌린다. 그 매혹의 이면에는 해오던 일을 잠시 접어두고 기억마저 회칠한 후 그 자리에

눈 덮인 낙산사 정경

새로운 그림을 그리고 싶은 욕망이 어른거리는 듯하다. 그렇지만 그것은 모든 것을 훌훌 털어버리고 새롭게 출발선에 서고자 하는 과격한 부정의 정신과는 거리가 멀다. 이미 세월의 때가 덕지덕지 묻어 있고 발걸음이 무거워진 주제에 그것은 과분한 바람이다. 그 새로움이란 가령 별 볼일 없는 패가 들어온 화투판이나 패색 짙은 바둑판 앞에서 판을 새로 시작하고 싶은 정도의 것이다. 아니면 청소년기에 누구나 한 번쯤 사로잡혔을 유혹, 부모의 잔소리를 뒤로 하고 어디론가 멀리 달아나고픈 그런 일탈의 욕망에 흡사한 것이다.

일본 다도의 비조로 일컬어지는 센노 리큐(千利休)는 어느 가을 아침 뜰에 수북이 쌓여 있는 낙엽을 바라보다가 문득 깨친 바 있어서 빗자루를 집어 들어 뜰을 깨끗이 쓸고 주워든 몇 닢의 낙엽을 드문드문 다시 뿌려 놓고 즐겼다고 한다. 등 뒤로 흘려 보낸 세월이 적지 않은 나 같은 필부의 평범한 삶에서 새 출발이란 문자 그대로 모든 것을 깨끗이 쓸어버리고 뒤돌아보지 않는 비장한 시작이라기보다는 리큐의 기발한 착상처럼 있는 것들을 여기저기 재배치해보고 관습의 녹을 걷어내 일의 초발심을 되새겨보는 것에 가까운 것이리라. 공자가 말한 회사후소(繪事後素)가 시인 묵객의 전유물일 수만은 없을 터이다. 사람은 아무리 나이가 많더라도 이따금씩 삶의 청사진을 새로 설계하고픈 욕심을 저버릴 수 없기 때문이다. 그리하여 나는 흰 눈이 내려 온 세상이 눈부신 설원으로 변할 때마다 눈의 염력을 빌어 내 마음을 깨끗한 백지로 만들고 그 위에 내 나름의 새로운 그림을 그려 보는 일을 죽을 때까지 멈추지 않을 생각이다.

풍경

마음의
풍경

초판 1쇄 발행 2014년 2월 25일
초판 2쇄 발행 2014년 12월 12일

지은이 신문수

펴낸곳 지오북(GEOBOOK)
펴낸이 황영심
편집 전유경, 김민정, 유지혜
디자인 김진디자인

주소 서울특별시 종로구 사직로8길 34, 오피스텔 1321호
Tel_02-732-0337
Fax_02-732-9337
eMail_book@geobook.co.kr
www.geobook.co.kr
cafe.naver.com/geobookpub

출판등록번호 제300-2003-211
출판등록일 2003년 11월 27일

ISBN 978-89-94242-30-9 03810

이 도서의 국립중앙도서관 출판시도서목록(CIP)은 서지정보유통지원시스템
홈페이지(http://seoji.nl.go.kr)와 국가자료공동목록시스템(http://www.nl.go.kr/
kolisnet)에서 이용하실 수 있습니다.(CIP제어번호: CIP2014000715)